내
플란넬 속옷

SISTERS OF THE REVOLUTION

내 플란넬 속옷

MY FLANNEL KNICKERS

레오노라 캐링턴 외 지음 신해경 옮김

아작

일러두기

이 책은 《Sisters of the Revolution》에서 《혁명하는 여자들》에
수록되지 않은 작품 중 일부를 옮긴 것입니다.

차례

상어 섬의 어머니들

킷 리드

나는 말한다.

상어 섬 죄수들은 낮에 자유롭게 안마당을 거닐 수 있다. 담장이 높고 절벽이 가파르기 때문이다. 상어 섬에 세워진 감옥인 '만약의 성'을 탈출한 사람은 아무도 없다. 탈출을 시도했던 몇 안 되는 어머니들은 두 번 다시 보이지 않았다. 해협을 쏜살같이 오가는 상어 떼에 잡아먹히거나 절벽 밑 바위에 부딪혀 산산조각이 났을 것이다.

밤에는 흉벽 위로 간수들이 오갔다. 우리를 가둔 자들의 얼굴은 시시때때로 바뀌었다. 우리가 저들인가? 저들이 우리인가? 때로 노란 완장을 차고 행진

하는 저들은, 우리를 감금하는 데에 협조하는 저 실
눈을 뜬 모범수들은, 우리였다. 우리는 다른 여자들
을 엄격하게 줄 세우면서 가죽 씌운 곤봉을 들고 순
찰을 돌았다. 우리는 머리 위에 달린 감방 창으로 간
수들을 쳐다보았다. 우리는 이곳의 죄수들이었다.

이곳에 갇힌 자들은 누구이고, 가둔 자들은 누
구지?

우리를 가둬야 한다고 결정한 자들은 누구야? 우
리가 그들에게 걸리적거리는 존재가 되기 시작한 건
언제지?

우리를 이 감옥으로 보낸 자들은⋯ 거칠고 열성
적인 우리 아들들이었던가? 녀석들이 저절로 태어
나 자라지 않았다는 사실을 증언해줄 목격자가 아
무도 없었단 말인가? 녀석들이 말했지. "엄마, 피곤
해 보여."

아니면 우리의 닮은꼴, 우리의 신형 판본인 우리
딸들이었나? 재는 듯한 상냥한 미소를 머금고 딸들
은 말했지. "엄마, 내가 할게."

우리가 감옥에 갇힌 건 별자리 운이 나빠서였을
까, 아니면 우리가 뭔가 잘못을 했기 때문일까? 아,
신이여, 우리가 뱉었던 어떤 말, 애들이 용서할 수
없었던 그 어떤 말 때문일까? 우리가 이 감옥에 오

게 된 이유는 그 자체로 공포이자 수수께끼다. 우린 애들에게 뭐든 다 해줬는데, 애들은 왜 우리를 이곳에 처넣었을까?

방한 신발과 등교복을 챙기고 찌그러진 케이크를 수습하고 온갖 수업과 캠프에 데려다주고 학비를 대고… 그러면서도 심리적으로 아이들을 너무 압박하지 않으려고 애썼던 오랜 나날들. 우리는 안달복달하며 모든 노력을 다했는데, 지금 우리는 여기 감옥에 있고, 우리의 어린 것들은 제멋대로 설치고 돌아다니며 지구를 거덜 내고 있다.

낮에 우리는 발걸음을 옮기며 생각에 잠긴다. 밤에 우리는 배수관을 두드려 소식을 전한다. '용-기-를-실-비-아', '인-내-를-모-드', '혁-명-은-가-까-이', '새-죄-수-9-구-역'.

폐렴과 달리 모성은 불치병이다.

나는 말한다.

《몬테크리스토 백작》에 나오는 에드몽 당테스처럼 나도 옆 감방에 감금된 얼굴도 모르는 여인과 가까운 사이다. 나는 몇 달, 아니 몇 년에 걸쳐 손톱으로 벽을 갈아 틈새를 만들었다. 조그만 흔적도 남기지 않으려고 돌가루는 삼켜버렸다. 침대로 가려놓은 그 틈새로 우리는 속삭인다. 옆방에 감금된 신원 미상의 어머니와 나는 오래도록 속삭여 왔다. 간수들과 마찬가지로 그녀도 늘 같은 사람은 아니었다.

얼마나 많은 여자가 옆 감방을 드나들었을까? 우리는 서로 이름을 묻지 않는다. 밤이 되면 우리는 위안 삼아 이야기들을 잣고 세세한 것들을 떠올리며 열거한다. '만약의 성'에 오기 전에 아이들에게 해 줬던 일 같은 것. 우리가 여기 있다는 사실은 얼마나 잔인한가.

하지만 우리의 노동 생명은 끝났다. 아이들이 달리 어떻게 할 수 있겠어? 밤은 우리가 누운 돌바닥보다 차가웠다. 이곳에 있는 우리는 외롭고 슬프다. 과거로 돌아가거나 과거를 바꾸어 아이들이 여전히 우리를 필요로 하게 만드는 방법이 있다 해도, 우리는 그러지 않을 것이다.

우리는 다른 방법을 모른다. 우리는 아이들을 키워야 해서 키웠고, 아이들은 커서 우리를 전범(戰犯)인 양 가뒀다.

친구들! 아이들이 우리에게 범죄 혐의를 뒤집어 씌웠어. 우리가 절대 저지르지 않은 범죄 혐의를. 우리는 결백해, 정말로. 결백해!

* * *

죄수들이 말한다.

레바: 나는 모신(母神)이야, 빌어먹을. 내 사연은
이래.

난 남편과 아이 둘에게 꼼짝 못 하고 짓밟힌 채 내
집 안에 갇힌 죄수였어. 애초에 날 어머니로 만든 남
편 제러드가 있고, 끊임없이 돌봐줘야 하는 어린 제
리와 징징거리는 준이 있었지. 온종일 길바닥에서
살았어. 다들 무슨 얘긴지 알 거야. 운동이다, 교습
이다, 카풀이다 뭐다 해서 밤늦게 설거짓거리를 세
척기에 쟁여 넣고 마침내 침대로 기어들면 우리 큰
제러드가 손을 대지. 뭐 좋아, 하지만 난 새벽같이
일어나 식기세척기에서 그릇을 꺼내 정리하고 출근
길에 아이들을 학교에 데려줘야 한다고. 내가 다니
던 법률회사의 남자들은, 집에 그런 일을 대신 해줄
아내가 있는 남자들은 피곤에 절은 나를 훌쩍 뛰어
넘어 승진을 거듭했지.

게다가 제러드! 그는 말했지. "당신이 일만 그만
두면 셔츠에 풀 먹이는 것쯤 아무 일도 아니잖아."
그는 또 말했지. "집이 돼지우리 같아!"

얼마쯤 지나니까 난 그냥 피곤해졌어. 파트너 변

호사가 되기에는 너무 녹초가 되어 있었어. 나는 일을 그만뒀어. 처음에는 근사하다는 생각이 들 정도였지. 청소하고 설거지하고 빨래를 개고 요리를 하고 깔끔하게 집을 꾸미고 아이들을 학교와 미술학원과 조별 활동에 데려다줄 시간이 넉넉했어. "이래야지. 당신한테서 너무 좋은 냄새가 나." 하고 중얼거리는 제러드와 나란히 누울 시간도 넉넉했어. 난 그가 내 목덜미에 얼굴을 묻는 걸 좋아했지.

하지만 아침에 일어나면 나는 다시 침대보를 갈고 시트를 다림질하고, 반짝거리는 머릿결과 하얗고 튼튼한 치아를 가진 아이들을 여기저기 데려다줘야 해. 그런데 아이들은? 아이들은 날 어떻게 생각했지? 아이들은 말했어. "엄마가 뭘 알아? 엄마는 그냥 엄마일 뿐이잖아."

인생은 끝없이 이어지는 난로 연통 같다 했지. 아니, 뫼비우스의 띠였나? 남편이 셔츠 몸판에는 풀을 덜 먹이고 깃에는 풀을 더 많이 먹여 달라고 해. 아이들은 샌드위치를 이런 식으로 잘라 달라 저런 식으로 잘라 달라 요구하지. 그러면서도 그들은 같이 길을 갈 때 저희끼리 뒤에 처져서는 내가 같은 일행이 아닌 것처럼 보이려 해. 남편은 내 머리카락에 코를 묻고 말하지. "이해가 안 돼. 전에는 얘기할 거리가 그렇게 많았는데."

울어봤자 못생겨지기나 할 테니 '빅토리아의 비밀' 따위 고급 속옷 브랜드에 거금을 써보지만, 남편은 내 비밀에는 관심이 없어. 그는 내 어깨를 누르며 올라타는 대신 어딘가로 굴러가 다른 이의 냄새를 맡으며 잠을 자지.

맞아, 난 우울해졌어. 연속극을 틀어놓고 냉동고에서 아이스크림을 통째로 꺼내 퍼먹으면서 다림질을 했어. 제러드는 불평하고, 아이들은 티격태격 싸우고, 집 안팎을 종종거리며 쓸고 닦아봐야 일은 더 늘어나기만 하고 쓰레기통만 차올라. 끝도 없이 어지르는 기계들한테 제발 쓰고 나면 제자리에 두라고 부탁이라도 해 봐, 그럼 애초에 널 어머니로 만든 남자가 말하지. "당신은 대체 집에서 놀면서 뭘 하는 거야?"

그런 식으로는 대화가 이어질 수 없어. 대화로는 또 다른 하루를 견딜 수 없어. 아, 남편과 아이들이 원하는 건 다 해줬어. 이것도 고치고 저것도 샀지. 그리고 난 계획을 짰어. 몇 가지를 사고 나니 준비가 끝났지.

어느 날 나는 몹시 비참했어. 욕을 했지.

다음 날 아침 그들이 내려올 때쯤 나는 망토를 둘

렸어. "난 모신이다, 젠장. 너희들은 내가 말하는 대로 따라야 할 거야."

준이 협박하듯 말했어. "나 시리얼 안 먹을 거랬잖아. 빵과자 먹을 거라고!" 내가 아이를 가리키자 손가락 끝에서 번개가 뻗어 나갔지.

제리가 징징거렸어. "내 해골 티셔츠 어디 있어?"

'팟!' 제리가 다시는 징징거리지 않았지.

제러드가 들어와 신문에서 눈도 떼지 않은 채 자기 자리에 앉았어. "아침은 뭐야?"

나는 지팡이로 그를 때렸어. 그가 불평을 늘어놓았지. "레바, 난 당신을 사랑해. 내가 지금껏 당신한테 어떻게 해줬는데?"

"그걸로 부족해!" 나는 일어나 그에게 천둥 같은 호통을 쳤어. 이를 갈자 번개가 쳤지. 가족들이 나를 쳐다보며 벌벌 떨었어. "난 모신이다, 젠장. 이제 이 집은 내 왕국이야."

그들은 주저앉아 나를 찬미했어.

그들이 공물을 바치지 않았냐고? 선물이 있었지, 달달한 것들. 제러드는 내 미소를 구걸하며 징징거렸어. 나는 엄격하게 가정을 굴렸지. 제러드는 출근하기 전에 따뜻한 아침 식사를 만들고 세탁기를 돌리고 다림질을 했고, 아이들은 청소기를 돌리고 욕조를 닦았어. 저녁의 주방 규칙은 이랬지. "제러드, 해동하거나 전자레인지에 돌린 거 말고 뭔가 프랑스식 요리로." 우리는 잘 먹었어. 그가 떨떠름하게 나오면 나는 그를 지하 감옥으로 추방했지. 그가 '매 맞는 남편 쉼터'에 연락하려고 시도했어. 나는 경찰을 불렀지. 누가 나처럼 왜소한 여자가 제러드처럼 덩치 큰 남자한테 그런 짓을 할 수 있다고 믿겠어? 그는 십 년형을 선고받았어.

그 일 이후로 왕국은 평화로웠어. 달콤하고, 부드러웠지. 나는 아이들이 아르바이트를 두 개씩이나 하면서 사온 비단옷과 보석들을 걸쳤어. 제러드의 동료들이 나를 동정했지. "그 자식 때문에 지옥 같은 생활을 하셨군요."

그러나 가장 비참한 백성이 감옥에 있는데 통치하는 일이 기쁠 리가 없잖아? 나는 생각의 구름 속에 잠겨 내 침실에 틀어박혔어.

내가 방에서 나왔을 때는 내 나머지 백성들이 이미 성장한 후였지. 슈퍼마켓 출납원으로 일하는 준과 주립대에 다니는 제리. 준은 대학입학 자격시험을 치를 즈음에 내가 곁에 없었던 걸 두고 나를 비난했어. 제리는 소리를 질렀어. "엄마, 내 돼지우리에서 나가. 난 연애 중이라고."

그들이 각자의 삶을 살았다고 난 생각해. 그들도 내가 그랬다고 생각하지.

내가 자는 사이에 내 다 큰 딸 준이, '내 어린 준'이 내 소지품들을 챙겨 가방을 쌌고, '팟!' 지금 난 여기에 있어.

그런 거야.

아이들이 말한다.

현관으로 들어오시는 어머니를 봐. 저 녹색 누비 외투를 보니 한동안 계실 모양이야. 주저하는 듯 사랑스러운 저 다정한 미소를 봐. 정말로 어머니를 사랑하는데, 이렇게나 사랑하는데, 왜 만날 때마다 그렇게 힘이 드는 걸까? 정신적 공간 문제야. 시모/장모이기도 한 어머니는 우리의 정신적 공간을 너무 많이 요구해!

핵가족은 개인의 사생활을 존중하는 것에서 시작해. 핵이 붕괴될 수 있다면, 어머니의 핵은 이미 산산이 부서졌어. 어머니는 지금 저 별들 속에서 길을 잃었어. 우리는 우리의 핵가족을 형성하지. 지금 우리가 새로운 가족이야.

이렇게 만날 때마다 힘든 건 어머니 탓이야, 아니면 우리 탓이야?

* * *

　나는 말한다.

　나는 계속 어머니를 생각한다. 우리는 늘 생각한
다, 이번에는 다를 거라고. 하지만 아무리 노력해 봐
도 절대 달라지지 않는다는 걸 알게 될 뿐이다. 어머
니와 딸, 어쩌다 둘은 하나로 묶여 공동의 미래를 맞
게 되었을까? 언제 어떻게 이렇게 정해진 걸까? 이
애정 어린 소원함은 정말로 누구의 탓일까? 어머니,
아니면 나? 그렇게 잊으려 애를 썼건만, 어머니와 나
는 만날 때마다 서로의 낡은 기억들을 다 짊어지고
왔다. 어릴 때 어머니가 했던 말들, 끝내 어머니에게
하지 못했던 말들.

　그리고 이제야 우리는 어머니와 딸을 하나로 묶
은 그 틀을 의심하는데, 낡은 기억들은 그 의심마저
망쳐놓는다. 하지만 바꾸기에는 너무 늦었다. 왜 늘
이렇게 힘이 드는 걸까?

　일이 이런 식으로 흘러가는 건 우리 별자리 운이
나빠서일까, 아니면 우리 유전자에 문제가 있기 때
문일까? 저 사랑스러운, 두려움이 가득한 눈을 하
고 문으로 들어서는 어머니가 자기 자신의 미래라는
걸, 우리 딸들은 알까?

나는 이런 질문들을 옆 감방에 갇힌 여자에게 속삭이지만, 그녀는 지금 아프다. 너무 아파서 진짜 대답은 못 한다.

그녀가 말하는 건 영원에서 무한으로 이어지는 어머니와 딸의 끝없는 사슬 이야기뿐이다. 나는 벽 틈에 귀를 바싹대고는 숨까지 참으며 귀를 기울인다.

"내가 할 수 있는 건 그들을 사랑하는 것뿐이야." 그녀가 말한다.

죄수들이 말한다.

마릴린: 내가 이런 걸 원했다고 생각해? 갈라져 부스러지는 돌벽에 둘러싸인 침침한 감방에다 밤이 돼도 위안거리는커녕 유독성 배수관으로 전해지는 신호만 있는 이런 데를? 납 배수관으로 우리 감방에 물이 들어오고 하수가 나가. 납이야. 난 아이들을 안전하게 키운답시고 집에 칠해진 낡은 페인트를 모조리 긁어냈는데 말이야. (모스 부호. 지-옥-이-야.)

난 애들한테 필요한 모든 걸 해줬어. 건강을 지켜줄 비타민제들과 뭔가를 성취하게 해줄 교습들과 머리를 발달시켜줄 낱말카드와… 내가 애들의 성취도에 너무 신경을 썼는지도 몰라. 하지만, 누가 안 그렇겠어? 미숙한 것이 완벽하게 변해가는 그런 유전

적 기적에 누가 매혹되지 않을 수 있겠어? 나와 똑
닮은 작고 유순한 인간들인데? 같은 언어를 말하는,
같은 배를 탄 동료지. 아이들이 곧 우리야, 그렇지?
아니야.

진실을 깨닫지 못한 건 내 쪽이었어.

어머니들, 절대 속지 마. 아이들이 어릴 때는 귀
여울 거야. 어디든 따라다니고 엄마를 기쁘게 하는
일이라면 뭐든 하고, 엄마의 농담을 듣고 깔깔거리
지. 엄마들은 아이들이 잘되도록, 옳은 일을 하는 사
람이 되도록 열심히 일하지. 하지만 알아둬. 아니,
명심해.

'애들은 그렇게 생각하지 않아.'

애들이 크면 입을 열 때마다 어질어질해질 만큼
장황하게 책망과 비난을 쏟아내지.

"엄만 나한테 끔찍한 옷들을 입혔어. 그 녹색 티
셔츠 생각나? 저 괴상한 분홍색 신들은 또 어떻고."

"엄만 너무 묻는 게 많았어. 늘 나한테 얼굴을 바
싹 들이대면서 말이야."

아니면 이런 거. "엄만 내 말을 제대로 들어준 적
이 없어."

"엄만 나한테 정체를 알 수 없는 음식을 먹였어."

그런 거야.

*　*　*

나는 말한다.

세상에 있을 때 이런 얘기를 하곤 했다. 아이들의 엄마이자, 엄마들의 딸인 우리는 어머니들에 관해 얘기했다. 우린 자주 얘기했고, 공모했고, 맹세했다. "절대 우리 엄마처럼 되진 않겠어." 그리고 우린 우리의 딸들과 결탁했다. "우리가 우리 엄마처럼 되기 시작하면 우리한테 알려준다고 약속해줘." 그리고 우리의 딸들은 맹세했다. "약속해, 엄마. 약속."

어느 어머니의 일흔 번째 생일에 딸이 실수로 케이크에 물을 부어버렸다.

그 딸을 응시하면서 그 딸의 딸이 말했다. "어딘가에 섬이 하나 있어야 해. 상어들에 둘러싸인."

눈앞에 '만약의 성'이 불쑥 솟아올랐다. 우리는 그걸 쳐다보면서 놀라워했다.

기억해봐, 어머니는 여전히 우리와 함께 세상에 있었다. '만약의 성'은 우리가 아니라 어머니의 마음속에서 설계된 것이었어. 우리가 아니라.

어머니가 살아있는 한, 우리는 딸의 위치를 고수할 수 있었다.

이제 어머니는 갔다.

이제 우리가 제일 앞줄이다. '만약의 성'은 어떻게 됐지? 받아들여야 한다. 이건 애초에 시간문제였을 뿐이다.

죄수들이 말한다.

앤: 애들은 엄마 것이지만, 잠깐만이야.

애들은 자라니까.

아이는 자라고, 엄마는 늙지. 어쩌면 제일 심한 죄는 우리가 주방에서 저지른 일들이 아닐 거야. 그 대참사였던 푸딩이나 아무도 먹지 않은 양배추 캐서롤 말이야.

때와 장소에 걸맞지 않은 옷차림을 하고 나타났던 일도 아니야. 아이들은 비난하는 투로 말해. "다른 엄마들은 다 청바지 입었잖아!"

우리가 저지른 사교적 실수들도 역시 아니야. 그 억울한 표정들. "엄마, 왜 사람들한테 그 얘길 해?"

그들이 용서할 수 없는 죄악은, 우리가 늙는 거야.

이르든 늦든 우린 아웃사이더가 될 거야. 딸들에게 같이 살게 해달라고 구걸해야 하는 아웃사이더. 우리는 감사한 마음으로 살며시 딸의 집으로 들어가 자칫 주제넘은 짓이라도 할까 봐 맘을 졸이지. 집 안팎을 돌며 잡일을 하면서 계속 같이 지낼 수 있기를 바라. 싱크대를 닦고, 죽은 화분을 내다 버리지. 너무 많은 소음을 내지 않으려 애쓰면서 작은 호의를 베푸는 거야.

"어머니, 제 책 어디로 옮기셨어요? 아무래도 못 찾겠어요!"

"엄마, 내 옷장 서랍 정리해달라고 부탁한 적 없어."

변명하지 마. 언쟁하지도 마. "하지만 엉망이었잖아!" 소리치지도 마. 그리고 딸과 사위가 다툴 때는 지하실 계단에 가서 앉아.

그리고 아이들은 우리가 들어가면 하던 말을 멈춰. 어느 날 오후, 우리는 거실에서 우릴 기다리고 있는 아이들을 보게 돼. "어머니와 함께 사는 게 좋긴 한데, 이젠 계획을 좀 세워야 할 거 같아서요."

애들은 날 지워버리려 했지만, 난 흔적을 남겼어. 여기서 무슨 일이 있었는지 세상이 알 수 있는 신호들 말이야. 딸애 스타킹 서랍에 든 내 머리핀, 벽에서 떼어버리기 곤란할 내가 준 그림 선물, 그리고 애들이 날 붙잡았을 때 호두나무 문짝에다 낸 긴 손톱 자국.

그런 거야.

*　*　*

　나는 말한다.

　상어 섬에는 수형 생활을 모범적으로 하면 주어
지는 감형이란 게 없다. 여긴 무기징역수들뿐이다.

　옆 감방에 수감된 여자가 죽었다. 나는 밤에 배수
관을 두드리는 희미한 소리를 듣고 벽 틈을 가린 간
이침대를 밀어내고 얼굴을 가져다 댔다. 나는 중얼
거렸다. "무슨 일이야? 거기, 괜찮아?" 거친 숨소리
로 봐서는 절대 괜찮지 않았다. 여자는 벽 틈에 얼굴
을 댄 채 죽었다. 마지막 말은 비탄뿐이었다.

　"난 그저 애들을 너무 사랑했을 뿐이야."

　'만약의 성' 관리소 측에서 애도의 날을 선포했다.
어머니들이 슬퍼하는 사이 둘씩 짝을 지은 모범수들
이 새로 마련한 못자리에 관을 내려놓았다. 죽은 자
의 이름은 모르지만, 그곳에 정렬한 여자들은 알았
다. 그녀의 이름은 '어머니'였다. 그녀는 우리 모두
의 상징이었고, 이곳에 유배된 어머니들의 과거이자
현재이자 미래였다.

　그 이름 모를 어머니는 자신의 근원을 배반하지
않고 죽었다. 그녀는 자기 신념을 굽히지 않고 죽었
다. "나는 최선을 다했어!" 그녀는 후회도, 뉘우침도

없이 죽었다. 그녀는 불굴의 무지 상태에서, 밝혀지지 않은 자기 죄악의 성질도 알지 못한 채 죽었다.

죄수들이 애도했다.

아.

아 얼마나.

아 얼마나 우리는 그녀를 사랑하는가.

아 얼마나 우리는 그녀가 그곳에 가지 못하게 애썼는가?

그리고 아, 우리는 어떻게 우리의 상냥한 딸들과 공모했는가.

우리는 얼마나 우아하게 선을 넘었는가!

우리 딸들이 물었다. "어머니라는 사실이 엄마를 미치게 만드는 거야?"

우린 늘 동일한 사람이었다는 걸 증명하느라 일생을 바쳤다. 그러므로 우린 사실을 숨긴다. "내가 미쳤다면, 원래 미친 채로 태어났겠지."

상처를 좀 덜 받는 분위기일 때는 보통 이렇게 말한다. "너도 언젠가 어머니가 되겠지. 그럼 알게 될 거야."

선원들이 소문을 물고 왔다. 내 딸이 딸을 낳았다.

유대교 대제일(大祭日)에만 허락되는 선물 꾸러미에 딸이 자기 아들과 갓 태어난 딸 사진을 넣었다. 딸을 안은 딸은 아름답다. 내 딸과 이 작고 새로운 여성, 내 이름을 가진 내 딸의 딸. 나는 아이들의 얼굴을, 딸과 그 딸의 얼굴을 본다. 눈물이 주룩주룩 흘러 채 삼키질 못한다. 우리는 닮았다.

상어 섬은 무기징역수를 위한 곳이다. 모성도 기한이 없다.

죄수들이 말한다.

멜라니: 이곳은 힘들어. 돌벽은 차갑고, 난 여기가 싫어. 밤이면 난 간이침대에 누워 내가 뭘 그리 끔찍한 짓을 했는지, 내가 저지른 범죄들을 헤아려보곤 해.

좋아, 우선 난 숙제하라고 애들한테 잔소리했어. 애들이 싫어하는 옷을 사주기도 했지. 나중에 애들이 말하더라고, 그 옷 너무 싫었다고, 아주 확실하게. 근본을 알 수 없는 음식을 너무 많이 만들었지. 아이들이 싫어하는 재료도 많이 썼어. 버섯, 양파, 윽! 난 애들한테 시침이 6을 가리킬 때까지 어떻게든 자기 접시를 비우라고 윽박질렀지.

그리고 잠시라도 애들한테서 벗어나려고 이 말을

달고 살았어. "밖에 나가서 놀지 그러니?"

난 애들을 사랑했어. 세상에, 난 아이들을 사랑했어. 여전히 사랑해.

날카로운 물건 몇 개를 숨겨 놓았어. 조만간 어느 밤에 시멘트를 파내서 창살을 뽑아내고는 여기서 나갈 거야. 속도가 느리겠지. 피 흘리는 발가락과 너덜너덜한 손끝으로 외부 절벽을 타고 내려가야 하니까. 몸을 돌려 바위를 피해 바다로 뛰어내릴 수 있는 지점에 이르면, 난 뛰어내릴 거야.

그리고 상어들만 잘 피하면….

사라: 난 빼줘. 더 나은 탈출 방법이 있어. 애가 없는 친구가 저기 암초 바깥쪽에 작은 보트를 대 놓고 기다리고 있어. 탈출에 성공하면, 난 이곳에 날 처넣은 놈들을 찾아갈 거야. 애들의 어깨를 움켜쥐고 눈을 똑바로 들여다보며….

레바: 그럼 난, 나는 죽은 척할래. 간수가 들어와서 거울을 대고 숨을 쉬나 확인할 때 그 여자를 제압해서….

앤: 그러고는 그 여자 제복을 입어?

마릴린: 아니면 세탁실에 일하러 갈 때 빨래수레 밑에 숨는 수도 있어!

* * *

나는 말한다.

일출과 월출이 경주하듯 재빨리 번갈아가며 지나가고, 감방 창문 밖에서는 눈부신 시간의 행진이 이어졌다. 나는 고개를 들어 새로 태어난 별을 본다. 나는 폭발하며 숨을 거두는 신성(新星)을 본다.

미래는 아이들의 얼굴에, 생일과 명절에 딸이 보내오는 사진에 적혀 있다. 딸의 딸이 자란다.

아이들은 얼마나 빨리 자라는가. 우리는 이곳에서 얼마나 오랜 형기를 살고 있는가. 바깥에 있을 때는 정말로 시간이 없었는데! 과거와 미래가, 생일과 크리스마스와 명절이 지나도록, 우리는 내내 이곳에 있었다.

죄수들이 말한다.

밸: 다 모였으니까, 음. 본론을 말하자면, 이제야 말하는데, 몇 명이 지금까지 터널을 파 왔어. 오늘 밤 신호가 오면 여기서 나가는 거야.

(악역을 자처하며 내가 말했다.) "넌 모범수니까 가능하겠지만, 나머지 우리는 그럴 수 없어. 밤에는 우리가 우리를 감방에 가두니까."

벨: 문제없어. 간수들이 잘 때 페기가 열쇠를 훔쳤어. 본을 뜰 시간이 충분했지. 페기가 복제 열쇠를 만들었어. 내 거. 사라 거. 레바 거. 너희들 거. 너희들, 같이 갈 거지?

멜라니/마릴린: 당연하지.

앤: 나도 넣어…줘.

레바: 내가 오늘 경비 담당이라는 거, 믿어지니?

벨: 그럼 네가 우릴 도울 수 있겠다!

레바: 너희들을 도울 순 없지만, 다른 델 보고 있겠다고 약속해.

벨: 좋아, 그럼. 다들, 준비됐지?

(내가 탈출 계획에 혹했다는 걸 신은 아시겠지만, 내 피 속에서는 끝없이 되풀이되는 이야기가 고동치고 있었다. 내가 어떻게 아는지는 모르지만, 뭔가가 있었다. 심장이 덜컹거리고 아랫배가 떨렸다.) "난 못 가."

벨: 이런 놀랄 만한 공짜 제안이 있는데 못 간다고?

(내가 아끼는 누군가가 오고 있어. 느껴져. 그게 뭔지 모르는 채 어떻게 이런 일을 설명할 수 있을까? 슬픔과 공포. 이런 희망적인 느낌이 드는 이유는 피할 수 없음을 알기 때문인가? 난 정중하게 둘러대야 해.) "난 지금 이 곳을 떠날 형편이 아니야."

30

레바: 무슨 뜻이야, 떠날 형편이 아니라니? 넌 여기 머물 형편이 아니야!

(난 그들에게 말했다.) "전갈을 받았어. 배수관 두드리는 소리로."

마릴린: 전갈을 받았다니, 무슨 소리야?

('새-죄-수-임-시-구-금-실'. 입을 닫고 있기가 두려워서 나는 그들에게 말했다. 말로 기록해 놓지 않으면 이 사실은 사라질지도 모른다.) "배수관 두드리는 소리를 들었어. 새 죄수가 왔어."

(수감자들은 딱 한 통의 전화를 걸 수 있다. 새로 온 죄수는 그 전화에 쓰라고 아이들이 준 1달러 은화를 간수에게 주며 내게 전갈을 넣어달라고 부탁했다.)

발레리: 12시간 후면 우리는 자유로운 여자가 되는 거야! 새 죄수가 한 명 늘거나 준들 무슨 상관이야?

앤: 12시간 후면 여길 나가게 되는데, 뭐가 문제야?

마릴린: 자유로운 여자라고! 너, 대체 왜 그러는 거야?

(상어 섬의 어머니들이 형편이 되지 않는 내게 자유를 권하고 있었다. 나는 할 수 있는 한 최선을 다해 설명했다.) "그 여자는 신참이라 저기 아래에서 혼자 두려

워하며 기다리고 있어." (간수들이 내일 밤에 새 죄수
를 위층으로 옮길 것이다. 내가 몇 가지 호의를 보인다면
그 여자를 옆 감방에 넣을지도 모른다. 그 일을 생각하니
가슴이 벅차올랐다.) "내가 있으면 밤에 같이 얘기할
수 있을 거야."

레바: 만나본 적도 없는 사람을 위해서 그런 일
을 한다고?

(정확하게 말해서 거짓말을 하는 건 아니지만 어쨌든
나는 얼버무린다.) "그 여자는 그냥 새로 들어온 죄수
야. 절대로 오지 않겠다고 맹세했던 곳에 오게 된 죄
수. 아이들이 아무리 좋은 의도였다 해도…, 아무래
도 좀 그렇겠지." (나는 그들에게 말한다.) "우리가 만
난 적이 없다고는 하지 않았어." (난 굳이 이 말은 하
지 않았다. '새 죄수는 날 닮았어.')

나는 말한다.
이런 이야기가 있다.
사람의 심장을 가지고 오면 후하게 값을 쳐주겠
다는 왕의 말을 듣고 어느 도둑이 자기 어머니의 심
장을 파냈다. 도둑은 어머니의 몸을 아무렇게나 내
던진 다음에 소중한 보물을 상자에 담았다. 돈을 받
을 생각에 들뜬 나머지 도둑은 너무 급하게 달리다

돌부리에 걸려 철퍼덕 넘어지고 말았다. 손에 들었던 상자가 날아가며 홀쩍 열렸다. 어머니의 심장이 굴러떨어졌다. 도둑이 일어나 앉자 어머니의 심장이 외치는 소리가 들렸다. "아들아, 다치지는 않았니?"

오늘 밤, 상어 섬의 어머니들이 탈옥한다. 적어도 탈옥 시도를 할 것이다. 생각보다 섬의 경계가 허술하다면 성공할지도 모른다. 탈출을 시도한 어머니들이 깊고 거친 해협에서 살아남는다면….

그리고 게걸스런 상어들을 피해 헤엄친다면….

그러나 설사 성공한다 해도, 많은 것이 변하진 않을 것이다.

모성이란 어떤 직무를 설명하는 말이 아니다. 모성은 종신형이다.

샅샅이 훑는 서치라이트와 비처럼 퍼붓는 총알을 피해 살아남아라. 얼음장 같은 파도를 뚫고 결국은 해협을 건너 해안에 닿아라. 그리고 복수를 꿈꾸는 자들의 군대처럼 전국으로 퍼져나가라. 목표는 오직….

목표는 오직….

***

아이들이 말한다.

어머니가 온다. 우리는 느끼고 있다. 어머니가 문 앞에 서 있다. 곧 초인종이 울릴 것이다. 아직은 뭐가 뭔지 모르면서도 우리는 민감해진다.

"자기, 무슨 소리 못 들었어?"

"아니, 아무 소리 못 들었는데?"

딸/며느리는 어쨌든 문으로 간다. 아들/사위는 목욕가운을 걸치고 문으로 간다.

우리는 실망이 드러나지 않게 애쓰면서 말한다. "아, 어머니, 오셨어요?"

현관으로 들어오시는 어머니를 봐. 저 녹색 누비 외투를 보니 한동안 계실 모양이야. 주저하는 듯 사랑스러운 저 다정한 미소를 봐. 정말로 어머니를 사랑하는데, 이렇게나 사랑하는데, 왜 만날 때마다 그렇게 힘이 드는 걸까?

나는 말한다.

들어봐, 친애하는 이들이여, 과거와 미래의 동료들이여, 동지들이여. 이런 방문은 늘 힘들지만 우리가 서로에게, 너와 나에게 해줄 수 있는 건 그런 것들뿐이야. 미래에는 어떨까?

미래는 그저 우리였을 뿐.

행복한 결과를 바라며 다른 어머니들의 탈출을 방조했지만, 나는 어떻게 될까? 나는 이곳에서 내 이야기를 더 짜볼 것이다.

그러니까, 구금실에 새 죄수가 와 있고, 난 내 옆 감방이 비었다는 전갈을 내려보냈어. 그래, 벌써 딸이 하는 말이 들리는 듯해.

"엄마, 당분간은 날…, 그러니까, 날 모르는 척해주면 안 돼?"

"오, 사랑하는 내 딸, 나의 과거이자 나의 미래."

너를 위해서라면 뭐든지.

킷 리드는 장편과 단편을 가리지 않는 미국의 소설가로 웨슬리안대학교의 레지던시 작가다. 리드의 작품 중 많은 수가 페미니즘 SF로 분류되며 〈판타지&SF 매거진〉, 〈예일 평론〉, 〈케니언 평론〉 등 다양한 지면에 발표되었다. 구겐하임 펠로십을 수상했고 여러 작품이 제임스 팁트리 주니어 상 후보로 올랐다. 모성을 대하는 남다른 시각을 보여주는 〈상어 섬의 어머니들〉은 1998년에 《기묘한 여자들, 연결된 여자들》에 실려 발표되었으며, 이 작품 역시 논쟁을 피해가지 못했다.

마
거
릿
A.
의
금
지
된
말

L.
티
멜
듀
챔
프

(주의사항. 다음 보고서는 지난 2년 이내에 마거릿 A.를 취재한 한 언론인이 '언론 자유 회복을 위한 전국 언론인 연합(약칭 전언련)' 내부용으로 작성한 자료다. 이에 전언 련은 어떤 형태로든 이 보고서가 복제되거나 외부로 반출 되지 않도록 유의할 것과 보고서에 담긴 정보를 활용할 경 우 각별한 주의와 관심을 기울일 것을 당부하는 바이다.)

서론

교도국이 한 달에 한 번 촬영을 허용하니 상당히 많은 언론인이 마거릿 A.와 직접 접촉하고 있는 셈

인데도 검열받지 않은 기록은 보기 드물다. 다음 글은 마거릿 A.의 말을 글자 그대로 옮긴 녹취록만큼은 아니지만, 지금껏 공개된 그 어느 글보다 마거릿 A.와의 대면 접촉을 충실하게 기록하고 있다. 나는 이런 기록이 언론인 동료들에게 얼마나 중요한지, 또한 자칫 외부로 유출될 경우 관련된 이들에게 얼마나 큰 위험이 닥칠지 잘 알기 때문에 문서의 보안 권한을 전언련에 위임했다.

마거릿 A.와의 만남을 자세히 설명하기 전에, 마거릿 A.와의 만남에 어떤 제약 요인들이 있었는지 분명하게 밝히고 싶다. 정보에 대한 대중들의 인식을 조작하기 위해 정부가 어떤 기교들을 사용하는지 익히 아는 전언련 회원이라면 익숙할 수밖에 없는 제약 요인들이다. 나는 촬영을 준비할 때만 해도 맥락화를 통해 불편한 의제들을 통제하는 정부의 수법을 잘 안다고 생각했다. 그러나 취재하는 중에 잠시나마 명백한 사실관계마저 잊어버리는 순간이 있었다. 나는 그 경험이 절대 방심해서는 안 될 위험을 경고하는 직접적인 증거라고 확신한다. 마거릿 A.에 관한 한, 많은 것들이 우리 주의를 끌지 못하고 간과된 채 사라지고, 우리는 눈앞에 존재하는 확고한 사실들조차 분명하고 객관적으로 사고하지 못하게 된다. 우리는 그런 일이 일어난다는 것만 알 뿐, 어떻게 일어나는지는 정확하게 모른다. 우리가 가진 마거릿 A.의 정보는 아무래도 앞뒤가 맞지 않는다. 그렇다면 나는 이 보고서가 잘 알려져 있으면서도 놀랄 만큼 불투명하게 취급되는 이 사안을 다시금 생각하게 하는 하나의 경고이자 조언, 도움말이 되어야 한다고 생각한다. 부디 이미 아는 내용이라고 건너뛰지 말기를 바란다. 정치적인 해석과 추측 같은 곁가지들도 좀 있는데, 역시 양해를 바란다. 마거릿 A.와 관련된 사실이라면 아무리 객관적으로 기록해도 이해하기 어려워지는 저 암흑과 진창 속에서 내게는 정치적인 해석과 추측을 거듭하는 것 말고는 마거릿 A.와의 만남이라는 경험을 규정하는 구조의 틀을 분리할 방법이 없었다.

가장 명백한 사실부터 시작하자면, 마거릿 A.는 월 1회만 촬영을 허락한다. (당연하겠지만 '뉴스'를 원하는 대중의 욕구를 가로막은 책임이 정부에 있지 않다고 강조하기를 즐기는) 마거릿 A.가 촬영자를 선택할 수는 없다. 교도국이 신청자 중에서 촬영자를 선택하는 방식을 통해, 정부는 마거릿 A.에 대한 언론의 접근을 효과적으로 통제한다. 법무부로서는 언론 접촉 기회 자체를 없애고 싶겠지만, 마거릿 A.가 수감된 초기에 언론 접근을 전면 불허함으로써 그녀의 존재를 망각에 묻으려 했던 시도를 떠올리면 그러기 어려울 것이다. 그때 언론 접촉이 전면 불허되자 되레 끊임없는 억측과 저항이 사회적으로 확산하여 '마거릿 A. 수정헌법'*을 폐기하라는 요구가 거세졌고, 더 나아가 애초에 그녀를 투옥하고 강제적으로 침묵하게 만드는 빌미가 되었던 심각한 사회적 무질서가 다시 초래되었다. 정부의 최우선 과제는 마거릿 A.의 말을 삭제하는 것이다. 나는 정부의 다음 우선 과제가 대중들에게 마거릿 A.가 순교자로 비치지 않도록 막는 것이라고 강력하게 주장한다. 이 점만 알아도 그녀가 왜 특이하게 밴던버그 공군기지 내 간이건물에 구금되었는지, 왜 어떤 개인이나 조직도, 심지어 그녀의 감금 사실에 개탄하는 미국시민자유

---

* 이 수정헌법의 공식 명칭은 '국가안보 수호를 위한 제한적 검열 법안'이지만 이 수정헌법으로 얻을 수 있는 유일한 목표가 마거릿 A.의 말을 완전히 삭제하는 것임을 고려한다면 대상을 적절하게 지시해주는 '마거릿 A. 수정헌법'이라 부르는 것이 마땅하다. 표현의 자유에 반대하는 활동가들이 사용하는 '미국을 지키는 수정헌법'이라는 명칭보다 낫긴 하지만, 표현의 자유를 위해 싸우는 활동가들이 사용하는 '반(反) 표현의 자유 수정헌법'이라는 명칭도 나는 딱히 마음에 들지 않는다. 이 수정헌법은 마거릿 A.가 없었다면 존재하지도 않았을 것이다. '반 표현의 자유' 활동가나 '표현의 자유' 활동가나 할 것 없이 다들 이 점을 잊은 듯하다.

연맹이나 국제사면위원회 같은 조직들조차 합리적으로 정부를 비판하지 못하는지 이해할 수 있다. 마거릿 A. 사안을 책임감 있게 다루려는 언론인이라면 이런 점들을 가슴에 새겨야 할 것이다.

촬영자 선정과 제약들

나는 성인이 된 이후 내내 마거릿 A.에 매료돼 있었다. 그녀를 직접 만날 수 있을지 모른다는 희망 하나로 언론학과에 들어갔고, 지금까지의 모든 경력 단계들을 밟으며 체계적으로 그 꿈을 추구했다. (전언련 회원들에게 중요한 건 마거릿 A. 자체가 아니라 '마거릿 A. 수정헌법'이라는 걸 나도 안다. 그러나 아주 짧은 기간이었지만 마거릿 A.의 말은 내가 세계를 보는 방식을 근본적으로 바꾸어 놓았다. 그녀의 말이 사라진 세상에서 나는 그 그림자라도 다시 접할 기회를 동경해 마지 않았다. 그런 목표가 직업윤리와 모순되지 않음을 전언련 회원들이야말로 누구보다 잘 이해하지 않는가?) 그래서 나는 촬영자를 선정하는 교도국의 취향을 연구했고, 적절한 경력을 쌓아 그 취향에 맞을 만한 직장에 들어간 다음에는 조용하고 침착하게 기회를 기다렸다. 나는 주의하며 살았다. 현직 언론인으로서 할 수 있는 최대한, 나는 수상쩍은 사람들과의 접촉을 피했다. 마침내 마거릿 A. 촬영자로 선정됐을 때, 나의 용의주도함이 보상을 받았을 때, 나는 스스로를 축하했다. 나는 천국 비자를 막 받아든 기분으로 공문을 읽고 또 읽었다.

그러나 비자에는 사이먼 바트키를 만나러 오라는 초대장이 첨부돼 있었다. 당연히 나는 당황했다. 법무부 관리의 면접 심사는 개인 이력을 뒤지는 뒷조사와는 또 다른 문제다. 그러나 그동안 '잘' 해왔으니 지금껏 쌓은 전문성을 토대로 이 마지막 난관도 잘 넘길 것이라고 나는 자신을 다독였다. 그래서 마거릿 A.를 만나기 한 달 전에 나는 프로듀서와 함께 워싱턴으로 날아가 '마거릿 A. 전담'이라 불리는 직무를 맡은, 자신은 마거릿 A.의 말을 한 번도 듣거나 읽은 적 없다고 쾌활하게 답변하는 법무부의 '전문가' 관리를 만났다. 나는 그들이 펼치는 쇼에 감명을 받을 수밖에 없었다. 교도국은 정밀한 절차에 따라 쇼를 이어갔다. 마치 모든 일이 고도로 정밀한 로봇 조립라인처럼 매끄럽고 정확하게 처리된다는 확신을 주기 위해 고안한 듯한 정밀함이었다. 사이먼 바트키를 만나는 절차는 자기들이 선택한 언론인을 철저하게 검증할 수 있는 마지막 기회임과 동시에, 그들이 생각하는 방식으로 보자면 해당 언론인이 취재 시 채택하게 될 맥락과 기본 규칙들을 정하는 일이었다.

이 시점에서 사이먼 바트키가 '마거릿 A. 상황'을 다루는 '전문가'라는 바로 그 이유로 정권이 두 번 바뀌는 동안에도 살아남았다는 점을 기억할 필요가 있다. 마거릿 A. 현상 초창기부터 정부는 국민들이 계속해서 그녀에게 열광하는 현상을 두고 초조해했다. 사이먼 바트키는 이런 말로 표현했다. "국민들이 그 여자에게 계속 관심을 둔다는 것 자체가 말이 안 돼요. 그 여자의 말은 완전히 삭제된 데다, 이것저것 모은 테이프 몇 개와 옛날 신문 쪼가리들, 해적출판물이 몇 있긴 하지만, 일반 대중은 그런 걸 접할 일도 없고 그런 게 있다는 것도 몰라요. 일반적인 미국인들이 어떤 대상에게, 특히 더 새롭고 흥미진진한 먹잇감을 끊임없이 언론의 아가리에 던져주지 않는 어떤 사람에게 이처럼 오래 관심을 가졌던 역사가 없습니다. 그러면 사람들은 왜 아직도 그 여자를 보고 싶어 할까요? 왜 사람들은 그 여자를 잊어버리지 않을까요?"(지난 15년 동안 미국 대통령들보다 마거릿 A.가 더 큰 사회적 지명도를 누려 왔으니, 정치인들을 얼마나 화가 났을까.)

내 평생에 가장 중요한 사건이지만(그때 난 열아

홉 살이었다), 나는 그녀의 말을 한마디도 기억하지 못한다. 신문은 말할 것도 없고, 마거릿 A.처럼 하룻밤 반짝하고 사라질(그때는 그렇게 생각했다) 하루살이 유명인사에 매달리기에 그때 나는 너무 어리고 순진했으며, 당연히 그녀의 말이 인터넷에서 삭제될 수 있다고는 생각도 못 했다. 그리고 다른 사람들과 마찬가지로, 한 사람의 말이 불법이 될 수 있으리라고는 꿈조차 꾸지 못했다. 마거릿 A.의 옛 연설을 녹음한 테이프들과 몰래 신문기사들을 모아놓은 게 있다는 소문이 꾸준히 돌았고, 그때마다 나는 성실하게 파고들었지만 성공한 적은 없었다.

사이먼 바트키는 55분 면담하면서 거의 20분 동안이나 마거릿 A.의 지명도도 시간이 지나면 결국 떨어지게 되어 있다고 신나게 떠들어댔다. 푹신한 붉은 가죽의자에 편하게 앉은 그는 '그 여자에 관한 기억을 기를 쓰고 숭배'하려는 사람들은 결국 세대차이 때문에 고립되고 말 거라고 단언했다. 그는 만다라 문양이 오톨도톨 찍힌 술병 같은 녹색 실크 넥타이를 톡톡 치면서 마거릿 A. 현상이 휩쓸던 무렵에 유아였던 지금 대학생들에게 그녀는 아무 의미도 없는 존재라고 주장했다. 그 말이 맞을 수도 있지만, 나는 그렇게 생각하지 않는다. 내가 취재했던 대학생들은 마거릿 A. 수정헌법 조항이 '미국 수정헌법 제1조'가 표방하는 표현의 자유 정신을 너무나 비이성적으로, 또 악랄하게 공격한다고 보았다. 그래서 대학생들은 마거릿 A. 조항에 관련된 얘기라면 무엇이든 의심부터 하고 봤다. 사회 교과서들은 그 수정헌법이 통과된 것을 정당화하기 위해 마거릿 A.의 말 때문에 대대적인 사회적 혼란이 왔다고 서술했다. 하지만 마거릿 A.의 말을 기록한 자료가 없다는 건 그 사회적 혼란을 다룬 보고서들도 없다는 뜻이었다. 때문에 '마거릿 A. 수정헌법'이 존재한다는 '사실'에서 그들은 뭔가 은폐된 것이 있는 게 틀림없다는 결론을 도출했다. 생각해 보라. 그들이 지금 마거릿 A.라고 알고 있는 사람은 자기 나라 안에서 유배 생활을 하는 미국 시민이며, 사진과 영상으로 보이는 모습이라곤 무시무시하게 늘어선 미사일과 레이더와 무장 경비원에 둘러싸인 자그마한 중년 여인일 뿐이다. 나는 특정인의 특정한 언어 사용이 그 자체로 한 나라의 정부를 와해시키는 위협이 될 수 있다는 사실을(더군다나 그 발화를 막기 위해 헌법 수정이라는 전례 없는 끔찍한 수단이 필요할 정도라는 사실을) 젊은 사람들이 이해할 수 있을지 의심스럽다. 나는 나이 든 사람들도 의심스럽다는 듯이 냉소적인 표정으로 그 시절 얘기를 하는 걸 자주 보았다. 어떻게 종이에 배열된 단어들이, 테이프에 녹음된 소리가 정부가 말하는 것처럼 위험할 수가 있단 말인가? 그리고 왜 다른 사람들의 말은, 제일 열성적인 추종자의 말조차도(물론 마거릿 A.의 말을 인용할 때 말고는) 금지되지 않는가? 젊은 사람들은 그게 그처럼 단순한 일이었다는 걸 믿지 않는다. 젊은 사람들이 던지는 질문을 들을 때마다 나는 그들이 과거에 있었던 강력한 무장 혁명세력의 존재를 정부가 은폐하고 있다고 믿는다는 걸 쉽게 유추할 수 있었다. 그들은 그 수정조항이 일종의 은폐공작일 뿐만 아니라 국민이 누려야 할 표현의 자유를 축소하는 동시에 앞으로 있을 추가적인 억압의 선례를 구축하기 위해 계획된 불필요한 조치라고 생각했다.

말할 필요도 없이 나는 이런 소견을 사이먼 바트키에게 털어놓지 않았다. 신세대들이 정부가 뭔가를 은폐했다고 의심할 뿐만 아니라 마거릿 A.의 말이라는 금단의 열매를 맛보고 싶어 안달이라는 내 의견도 제시하지 않았다. 대수롭지 않을지도 모른다고 (또는 보는 사람에 따라서는 유해할지도 모른다고) 의심하면서도 젊은이들은 자신에게 금지된 것이 무엇인지 알고 싶어 한다. 모순처럼 들리리라는 걸 나도 알지만, 나는 그들이 뱉어내는 의심 속에서 분노의 냄새를 맡곤 했다. 그들은 마거릿 A.의 말이 얼마나 위험한지 정확하게 알 수 없다. 하지만 '윗세대들'이 맛보았던 그 열매에 금지 딱지를 붙임으로써 수정조항은 갓 성인이 된 신세대들의 분노를 사고 있다. 그들은 애초에 수정조항 자체를 하나의 은폐작전이라 여겼다. 새로운 세대는 마거릿 A.를 망각하기는커녕 강박적으로 그녀에게 매달릴 가능성이 크다. 나는 마거릿 A. 현상과 관련하여 기괴한 논리로 무장한 새로운 광신집단들이 생겨난다고 해도 전혀 놀라지 않을 것이다.

내가 기괴한 광신집단이나 금단의 열매를 향한 집착에 동의한다는 뜻은 아니다. 젊은 사람들은 아마 정부가 마거릿 A.의 말을 두려워하는 현상만큼이나 나를 포함한 일부 사람들이 마거릿 A.에게 느끼는 매혹도 이해할 수 없을 것이다(마거릿 A.에 대한 태도가 사람들을 가르는 '거대한 분리선'으로 보이는 듯하다). 하지만 사람들이 '그녀의 생각'을 기억하고 있는지와는 별개로 '그녀가 있다는 생각' 자체가, 말 때문에 경비가 철통 같은 군사기지 한가운데에 갇힌 여성이 있다는 '생각' 자체가 너무 강력해서… 음, 그 생각이 마거릿 A. 현상을 두려워하는 사람들까지 포함하여 (물론, 표현의 자유에 반대하는 활동가들은 제외하고) 이

나라 사람 거의 모두에게 모종의 영향을 미치는 듯하다. 내가 사이먼 바트키라면 걱정스러울 것이다. 마거릿 A. 수정조항이 폐기되는 건 시간문제일 뿐이니까. 그리고 그때에도 여전히 마거릿 A.가 살아있다면, 사태는 '폭발'할 수 있다.

마거릿 A.의 '감금 상황'

밴던버그 기지에서 보이는 건 부지를 둘러친 담장과 출입구뿐이었다. 관련 서류를 제시하기도 전에 군복 아닌 제복을 입은 교도관 세 명이 다가와 차에서 내려 길바닥에 서라고 명령했다. 그러고는 그중 한 명이 우리 승합차에 올라타 차를 돌리고는 기지가 아닌 어딘가로 몰고 갔다. 남은 두 명이 우리에게 오른쪽에 있는 작은 간이 막사로 들어가라고 지시했다. 나는 당황했다. 무슨 혼선이 있었던 걸까, 아니면 법무부가 뒷조사하다가 우리 중 누군가에게서 마음에 들지 않는 뭔가를 발견한 걸까? (잠깐이나마 뭔가 복잡한 논리적 사고의 결과로 그녀를 기지 담장 바깥에 있는 '그 간이 막사'에 구금하고 있는 게 아닌가 하는 생각마저 했다.)

막사에서 우릴 기다리는 걸 보니, 다 터무니없는 추측이었다. 당연히 기지로 오기 전 사이먼 바트키는 합의서에 우리 서명을 받아갔었다. 촬영자는 철저한 몸수색을 받고, '그들의' 장비를 쓰고, 모든 촬영분의 편집을 그들에게 맡길 것이며, 촬영 이후에는 엄격한 비밀유지 지시에 따를 것이라는 문서였다. 당연히 나는 아무 저항 없이 옷을 벗고 구석구석 내 몸의 빈 공간을 살피는 몸수색을 견뎠다. 수감자를 취재하러 교도소에 들어갈 때 그런 시련을 겪는 일은 다반사였으니까. (이 글을 읽는 동료들은 그런 어색하고 불편한 상황에 부닥쳤을 때 어떻게 표정관리를 해야 하는지도 잘 알 것이다.) 나는 편집권이 전적으로 교도국에 주어진다는 조건에도 저항하지 않았다. 버젓이 마거릿 A. 수정조항이 있는데 그런 조건이 없을 리가. 하지만 자기들 장비로 촬영하라는 강요는… 딱히 이유를 대기는 어렵지만, '그 조건'은 뭔가 애매하게 마음에 걸렸다. 교도국 장비는 오디오 트랙 없이 녹화한다고 바트키가 설명을 했었고, 마거릿 A. 수정조항에 따르면 누구도 합법적으로 그녀의 연설을 녹음할 수 없으니… 나는 이성적으로 그 명백한 의도를 짚어냈다. 하지만 철저하게 뒤짐을 당한 옷가지들을 주워 입는 와중에 개인 가방을 들고 들어가지 못한다는 사실을 알게 되었다. 필기구와 종이도, 노트북 컴퓨터도 없이, 오디오 테이프는 고사하고 문자 기록도 없이, 훈련 따위는 받아 본 적도 없는 기억력으로 머릿속에 욱여넣은 것 말고는 아무 '말'도 없을 터였다. 당연히 나는 저항했다. (무엇보다 나는 컴퓨터를 봐야 언제 머리를 자를지, 언제 점심을 먹을지, 엄마한테 편지를 쓴지 얼마나 됐는지 알 수 있는 여자다.) 물론, 아무 소용이 없었다. 규정을 따르지 않겠다면 나를 빼고 프로듀서와 촬영팀만 데리고 들어가겠다는 대답이 돌아왔다.

그들은 그런 상황에서도 우리에게 기본 규정을 처음부터 다시 복습하는 고통을 안겨준 다음에야 창도 없는 교도국 승합차 뒤칸에 몰아넣고는 꼬불꼬불하고 이따금 울퉁불퉁한 알 수 없는 길을 달려갔다. 승합차는 세 차례에 걸쳐 신호를 기다리거나 문이 열리기를 기다리듯이(나는 후자일 거라고 유추했다) 적어도 일 분 정도 쉬었고, 마지막으로 멈춘 뒤에는 고작 2~3초 정도 움직이고는 최종적으로 멈춰 섰다. 시동이 꺼지자 그제야 평생의 거의 반이나 되는 세월을 기다려왔던 순간이 목전에 있다는 감격에 숨이 멎어 왔다. 마거릿 A.의 말은 금지되었다. 그러나 나는 몇 분 동안 그녀의 말을 듣는 특권을 누릴 것이다. 당연히 '하찮은 말'뿐이겠지만 말이다. 하찮은 말 외에는 그들이 절대 허용하지 않을 테니까. 그 점을 확실히

하기 위해 현장에는 무선수신기를 귀에 꽂은 교도관들이 있을 것이다. 하지만 그래도, 그 말은 마거릿 A.의 말이고, '사소한' 말이라도 그녀의 말이라면 강력할 거라고, 아마 짜릿할 거라고 나는 확신했다. 그리고 나는 마거릿 A.의 말을 들으며 잊어버린 옛 시절의 모든 것을 기억해내고, 성인이 된 이래로 내내 이해되지 않았던 세상의 모든 것을 이해하게 되리라.

마거릿 A.를 만나기 전에 했던 이런 추측은 사춘기 때 품었던 낭만적인 꿈이 아니라 그녀의 유형생활에 대해 (조심스럽게) 주워 모은 정보에서 나왔다. 예를 들자면, 나는 전에 법무부에서 일했던 아주 믿을 만한 소식통으로부터 교도국이 마거릿 A.에게 배정한 교도관들이 연인원으로 따지면 500명이 넘으며, 그들 모두가 밴던버그에서 전출되자마자 교도관 일을 그만뒀다는 얘기를 들었다.[*] 그 얘기가 계속 특

[*] 언론이 마거릿 A.가 억류되어 있는 환경에 대해 공공연하게 입수할 수 있는 정보를 보도하는 것은 마거릿 A. 수정조항에 위배되지 않는데도 미국의 주요 언론들은 마거릿 A.를 '수감'하는 데 투입되는 인력의 교체율이 깜짝 놀랄 만큼 높다는 사실을 한 번도 언급하지 않았다. 대중이 이런 상세한 정보에 얼마나 열광할지 고려한다면, 대체 언론은 무엇 때문에 이런 사실들을 공개적으로 보도하지 못한 걸까? 이 업계 전체가 나처럼 마거릿 A.에 대한 관심을 숨겨야 할 이유가 있는 것도 아닐 텐데!

이하게 느껴지는 이유는 마거릿 A.에게 배정되는 교
도관들이 전에나 지금에나 철저한 경비가 필요한 연
방 시설들에서 경험을 쌓은 최고의 교도관 중에서만
선발된다는 점 때문이다. 교도관들은 마거릿 A.를
만나기 전에 죄수의 숙소 내부에서 발설되는 모든
말이 녹음되고 검토된다는 경고를 받는다. 새로 배
정되는 교도관들은 엄격한 사전교육 과정을 거친 후
에 밴던버그에 배치되고, 근무하는 동안에는 마거릿
A.와 개인적 접촉이 있을 때마다 진술서를 작성한
다. 그러나 지금껏 마거릿 A.와 접촉한 뒤에 새로운
근무지로 옮겨간 교도관은 한 명도 없다. 또 하나 이
상한 통계가 있다. 마거릿 A.의 숙소에서 발화되는
말들을 감청하는 이들이 감시 업무 2년 차 정도 되
면 결국 '탈진'해버린다는 자료다.* 생각해 보라. 마
거릿 A.는 눈곱만큼이라도 '정치적'인 구석이 있는
사안에 대해서는 말하지 못하도록 금지되어 있다.
그렇다면 그녀는 어떻게 그처럼 꾸준하게 자신과 접
촉한 교도관 전부를 물들이고, 자신의 (비정치적인,
즉 '사소한') 대화를 감청하는 감시원 전부를 혼란에

* 밴던버그 기지의 감청실에서 마거릿 A.의 감시 테이프를 몰래 빼
내려다 중형을 선고받은 감시요원의 사례가 공식 기록에 전한다.

빠뜨릴 수 있는가?* 마거릿 A.와 나누는 모든 대화는 '사소한, 비정치적 잡담'에 한정되어야 한다고 사이먼 바트키가 말했을 때, 나는 그 말이 무슨 뜻인지 의아해하지조차 않았다. 그를 비롯한 여러 관리가 절대 마거릿 A.에게 물어서는 안 되는 종류의 질문들이 무엇인지 지침을 주었다. 수감생활과 '마거릿 A. 수정조항'과 계속되는 대중적 관심 같은 주제에서부터 마거릿 A. 현상 초기에 그녀가 잠깐 언급했다는 소문(더는 문서가 존재하지 않기 때문에 대중은 그저 소문이나 흐린 기억의 파편을 참조할 수밖에 없다)이 있는 특정한 사안들까지, 실로 다양했다. 나는 마거릿 A.를 감시한 교도관들이 타락한 일이 그녀와 나눈 '잡담'보다는 그녀의 훌륭한 인품 덕분일 것이라 추측했던 듯하다(이 추측으로는 감청 요원들이 왜 그렇게 됐는지 설명하지 못하지만 말이다). 그래서 우리를 안내한 사람이 승합차의 뒷문을 열었을 때, 나는 내가 아는 한 역사상 가장 주목받는 여성일 뿐만 아니

---

* 식견이 있는 독자들은 교도국이 처음에는 마거릿 A.와 다른 인간 간의 언어적 소통을 전면적으로 금지했다는 사실을 알 것이다. 그런 조치가 실질적으로는 종신 독방 수감과 다를 바가 없으며, 종신 독방 수감은 마거릿 A. 수정조항을 적절하게 준수하는 데에 불필요한 과잉 조치라고 헌법재판소가 판결을 내리고 나서야 바뀌었다.

라 어쩌면 역사상 가장 카리스마 넘치고, 매력적이고, 사랑스러운 인물일지도 모르는 사람을 만나게 될 거라고 확신했다.

마거릿 A. 와의 만남

프로듀서와 촬영팀이 교도국 장비를 승합차에서 내리는 동안 나는 마거릿 A. 의 거처라고 짐작되는 간이건물이 들어선 비좁은 부지를 어슬렁거렸다. 나중에 내가 생방송에 출연하면 여기서 본 것과 마거릿 A. 의 인상과 그녀가 감금된 이곳 환경에 대한 질문을 받을 게 뻔했다. 처음에는 위협적인 감시 장비와 경비 장치들과 교도관들 말고는 거의 보이는 게 없었다. 철조망으로 보강되고 위에 유리 조각을 덧붙인 높이 6미터짜리 강철울타리와 여봐란듯이 무장한 경비초소가 빙 둘러가며 시야를 막아 부지 안에서는 뜨겁고 건조한 하늘 말고는 전혀 바깥을 볼 수 없었다. (그런 환경에서는 남부 캘리포니아의 태양도 숨 막힐 듯이 답답하게 느껴졌다.) 냉정한 눈빛의 제복 입은 남자 몇 명이 자동소총을 들고 있었다. 설마 우리가 마거릿 A. 를 탈옥시킬지도 모른다고 생각하는 걸까?

그렇게 중무장하고 뭔가를 지켜보고, 기다리고,

기대하는 남자들의 시선을 의식하자 강도들에게 금
고를 열어주는 보석상이라도 된 것처럼 한발만 '삐
끗'해도(예를 들어, 오해를 사면) 죽은 목숨이라는 공
포가 엄습해 왔다. 마거릿 A.는 '범죄자'가 아니므로
사람들은 정부가 그녀를 얼마나 위험한 인물로 분류
했는지를 잊어버린다.

하지만 이 무장한 국가 권력의 존재가 가지는 무
게감이 내게 미묘한 영향력을 발휘했다. 그걸 알게
된 건 마거릿 A.와 얘기를 할 때였다. 제복을 입은
남자들과 경비초소와 우리의 일거수일투족을 제어
하는 과잉 규정들이 서로 공모하며 마거릿 A.가 판
사 앞에 회부된 적이 한 번도 없을뿐더러 배심원단
앞에서 재판을 받은 적도 없다는 사실을 깜박 잊게
만들었다.* 그래서 부지 한구석 거칠고 메마른 모래

---

* 정확하게 말하자면, 법적으로 볼 때 마거릿 A.가 내뱉는 단어는
하나하나가 마거릿 A. 수정조항 위반에 해당하므로, 마거릿 A.는 예
방적 차원에서 구금되었다고 판단된다. 헌법학자들은 이 수정조항
자체가 헌법 조항과 그 정신에 위반된다고 주장하고 있지만, 그 단
호하고도 반동적인 조치 덕분에 미 헌법재판소는 행정부와 입법부가
합의하여 처리한 안보적 조치에 사법적 개입을 거부하겠다는 이전의
판단을 계속 고수할 수 있었다. 미국시민자유연맹의 소책자인 《법치
가 무너질 때: 마거릿 A.를 둘러싼 행정부와 사법부, 입법부의 공모》
에 마거릿 A.의 감금에 관련된 법률적 특이점들이 간략하게 요약돼
있으니 참조 바람.

땅에 덥수룩하게 자라는 키 작은 식물들이 눈에 들어왔을 때, 나는 이내 그걸 교도국이 그녀에게 관대하게 허락해준 '특혜'라 여겼고, 그래서 마거릿 A.의 숙소로 들어가면서도 저 철책과 번득이는 거울 같은 창들과 위협적인 무기들이 어른거리는 초소에 둘러싸여 감금된 채 산다는 것이 얼마나 참을 수 없는 압박으로 다가올지 느끼기보다는 마거릿 A.가 숙소 바깥의 마당과 자기 '정원'을 거닐 수 있으니 얼마나 다행이냐는 생각을 했다.

내가 이런 고백을 하는 이유는 시각적 인식이 사고에 얼마나 미묘하게 영향을 미치는지 설명하기 위해서다. 겹겹이 둘러싼 감시체계와 교도관의 존재가 사람들로 하여금 마거릿 A.를 감금하는 것이 정당하다고 느껴지게 만든다는 점이 나로서는 직관에 반하는 것처럼 느꼈지만, 법무부 전문가들이 그렇게 믿는 건 확실했다. 마거릿 A.가 스스로 얻어낸 여러 가지 사소한 양보 조치들이 교도국의 편집을 거치며 하나도 살아남지 못한 반면, 그들이 배치한 저 억압적인 존재들은 영상과 사진 양쪽에서 '한 번도' 검열, 삭제되지 않았으니 말이다.*

그래서 한물간 구식 교도국 장비를 놓고 투덜대는 촬영팀원 한 명과 교도관 세 명을 대동하고 마거

릿 A.의 숙소에 들어섰을 때, 나는 보이는 모든 것
을 묘하게 편향된 시각으로 바라보고 있었다. '그렇
게 나쁘진 않네.' 나는 방이 두 개인 숙소의 첫 번째
방을 보며 생각했다. 나는 팔걸이가 달린 나무의자
두 개가 쿠션들 덕분에 포근하게 보인다는 걸 알아
챘고, 실로 짠 태피스트리가 치약 같은 녹색인 흉한
벽 대부분을 가리며 얼마나 아름답게 제 역할을 해
내는지 보고 놀랐다. '보통 감방보다 나쁘지 않은 데
다, 대부분의 정치범이 수감되는 지하 감옥보다는
훨씬 낫잖아.' 나는 그런 생각을 했다. 돌이켜보면
나는 아마도 마거릿 A.가 그럭저럭 지낼 만한 환경
에서 살고 있다고 믿음으로써 아무리 오래 걸리더라
도 석방되는 그날까지 그녀가 버텨주리라 믿고 싶었
던 듯하다. 그래서 마거릿 A.가 그 방으로 나올 때
까지 출입문 옆 탁자에 놓인 작은 컴퓨터에 시선을
고정한 채 그 컴퓨터 덕분에 마거릿 A.의 말재주가
(그리고 어쩌면 그녀의 '말' 자체도) 살아남을 가능성

* 법무부의 뒷조사를 통과할 정도로 깨끗한 이력을 유지하는 데 골
몰한 탓에 나는 마거릿 A.가 스스로 얻어낸 양보 조치들이 무엇이 있는
지 미리 자료를 요청해서 보지도 않은 상태였다. 마거릿 A.가 구금 상
태에서 해온 투쟁 기록은 미국시민자유연맹 캘리포니아 지부를 통해
그녀의 주 대변인인 엘리사 먼템버에게 연락하면 전부 얻을 수 있다.

이 있지 않을까 생각했고, '마거릿 A. 수정조항'에도 불구하고 교도국이 그녀를 대부분의 정치범 대하듯이 엄격하고 강압적으로 대하지 않는다는 데에 기뻐했다.

그러나 그때 마거릿 A.가 등장했고, 미칠 듯한, 숨이 멎을 듯한 그 몇 초간은 시간도 멈춘 듯했다. 그녀는 교도관들과(나는 그들의 얼굴에 갑자기 경계하는 듯 불편한 기색이 나타나는 것을 무의식적으로 감지했다) 인사를 나누고는 그냥 그 자리에 서 있었다. 회색 면직 셔츠와 바지를 입은 작고 뚱뚱한 인물이 마치 우리를 검사하러 온 사람처럼 우리를 쳐다보았다. 나는 목에 뭔가 걸린 것처럼 끙끙대며 누가 소개를 해주지 않을까 싶어 몇 초간 교도관들을 힐끔거렸다. 하지만 다시 마거릿 A. 쪽으로 고개를 돌렸다가 내 기대가 얼마나 어리석었는지 깨닫고는 교도관들을 야유회 주최자로 착각한 나 자신을 조소했다. 당시에는 몰랐지만(그리고 어떻게 그렇게 됐는지 여전히 확실히 이해하지는 못하지만), 그 순간이 바로 내가 그때까지 언론계에서 일하는 내내 나를 지탱해주었던 전문가적 페르소나를 잃어버린 때였다.

마침내 프로듀서가 나섰다. "인사드리겠습니다." 그녀가 입을 열며 손을 내민 채 마거릿 A.에게 다가

갔다. 그러나 마거릿 A.는 어렵사리 복구한 정상적인 분위기를 산산이 부숴버렸다. 프로듀서가 내민 손을 무시하고, 우리가 어떻게 느낄지 모르겠지만 자신은 사교적 관습 같은 겉치레를 챙길 여유가 없다고 말했기 때문이었다.*

마거릿 A.가 신랄하게 악수를 거부한 탓에 그렇지 않아도 긴장된 분위기가 더욱 팽팽해졌고, 나는 우리를 둘러싼 모든 사람과 모든 사물에 대해 더욱 날카롭고 비판적인 태도를 취하게 되었다. 예를 들자면, 마거릿 A.에게 이 구금이 어떤 의미일지 조금이나마 깊게 이해하게 된 때가 바로 그 순간이었다. 그전까지만 해도 나는 정부가 그녀의 입을 막고 구금하는 데에 추상적인 분노를 느꼈다. 하지만 마거릿 A.가 사교적 겉치레를 할 여유를 언급한 순간 나

* 이 기록은 불행하게도 마거릿 A.와 나눈 대화를 글자 그대로 옮긴 녹취록이 아니라 내 기억에 의지해 재조립한 것이다. 프로듀서도 나도 촬영팀원들도 직관적 기억력 같은 건 없고(그리고 우리 중 누군가가 그런 기억력을 가졌다면 법무부가 사전에 발견하여 그걸 빌미로 마거릿 A.와 접촉할 자격을 주지 않았을 것이다), 그래서 우리가 기억하는 마거릿 A.의 말이라 봐야 서로 머리를 맞대고 기억을 짜내는 노력을 통해 모은 것인데, 법무부의 사후보고 규정에 따라 마거릿 A.와 접촉한 직후 48시간 동안 각자 고립돼 있었던 탓에 그것조차 수월하지 않았다.

는 그녀가 처한 상황의 실제를 느꼈고, 끊임없이 감각들을 짓누르는 이 공적 억압의 무게에 맞설 만큼 강인한 정신을 소유한 사람에게도 이처럼 사소해 보이는 일들이 얼마나 어마어마한 압력을 행사할 수 있는지 희미하게 감지했다.

프로듀서가 당한 낭패를 보고 배운 바가 있어서 나는 프로듀서가 마거릿 A.에게 나를 소개할 때 그냥 미소를 지으며 고개만 끄덕였다. 여전히 마거릿 A.는 나를 외면했고, 그녀의 입술이 실룩거린 것만으로도(그녀의 얼음장 같은 노회한 시선이 내내 차갑고 냉담했으니, 재미있어서 그런 것은 아닐 것이다) 나는 얼굴을 붉힐 정도로 바보가 된 기분을 느꼈다(얼굴을 붉히고 나니 더욱 바보가 된 기분이었다). 거부하는 듯한 그녀의 태도와 그에 대한 내 반응 탓에 외려 처음에 느꼈던 분노가 되살아났다. 순간적으로 나는 그녀의 예의 없는 태도에 분개했고, 잠시 후에는 문득 그녀가 나를 자신만을 겨누고 설계된 시스템의 추종자로 여기는 게 틀림없다는 생각이 들어 당혹스러워졌다.*

촬영팀은 소개 따위는 개의치 않고 경멸하던 장비를 설치하고는 촬영을 시작했다. 프로듀서는 우리가 무슨 대화를 나누든 상관하지 말고 무조건 찍으라고, 방 두 개짜리 오두막에 있는 건 뭐든 샅샅이 훑고, 특히 마거릿 A.의 '정원'은 놓치지 말고 꼭 찍으라고 그들에게 일렀다.

그러고 나서 그녀는 이 소동에서 내가 맡은 역할을 시작해야 한다고 일러주기라도 하듯이 내게 고개를 끄덕였다. 나는 다시 마거릿 A.를 쳐다보고는 그녀에게 묻기로 준비했던 첫 번째 질문이 무엇이었는지 필사적으로 생각했다. 하지만 아무것도 생각나지 않았다. 머릿속이 하얘졌다. 공황상태에 빠진 나는 머릿속에 떠오르는 대로 첫 번째 질문을 던졌다. "머리는 누가 잘라주나요?"

마거릿 A.가 나를 향해 눈썹을 치켜들었다. 그건 요청만 하면 교도국이 기꺼이 내줄 종류의 정보라고 호되게 나무라는 듯했다. 내 몸 전체가 부끄러움으로 달아올랐다. 힐끗 주위를 둘러보자 인상을 쓰는

---

* 마거릿 A.와 접촉하는 내내 나는 어쩌면 그렇게 오랜 세월 간절하게 동경해온 만남이 이렇게 실망스러울 수가 있는지, 의아해하면서 환멸을 느꼈다. 마거릿 A.는 나를 일깨워주지 않았고, 흥미를 불러일으키는 일조차 없었다. 개인적으로는 말이다. 나는 그녀의 숙소에 있는 동안 계속해서 유일한 창문을 가린 철책을 한 눈으로 살피고, 경비원들이 든 소총에 끊임없이 은밀한 시선을 던지면서도 그녀가 불쌍하게 느껴지기는커녕 몇 번은 불타는 적개심을 느끼기까지 했다. 마거릿 A.의 몸에 카리스마를 풍기는 세포라곤 단 하나도 없었다.

프로듀서와 눈을 희번덕거리는 교도관들이 보였다. 그 순간, 마거릿 A.가 흑인인데 반해 내가 밴던버그에서 본, 적어도 마주쳤던 교도관들은 모두 백인이라는 생각이 머리를 스쳤다. (마거릿 A.의 곱슬머리가 아주 짧게 손질된 걸 보고, 여자든 남자든 지금껏 본 교도관 중 누군가가 그녀의 머리를 잘라주는 장면은 상상이 안 된다고 생각했던 탓에 그런 질문이 튀어나오지 않았나 싶다.) 그제야 나는 언제나 백인 교도관들밖에 없었는지, 만약 그렇다면 거기에 대해서 어떻게 느끼는지 마거릿 A.에게 물었더라면 하고 후회했다. 하지만 그런 질문을 했다가 교도국과 모종의 문제가 생기지 않을까 하는 걱정도 걱정이지만, 나는 '그녀가' 그 질문을 어떻게 판단할지 몰라서 불안했다. 교도관이 있는 것 자체가 폭력으로 느껴질 사람에게 교도관들의 인종적 정체성이 의미가 있을지 알 수 없으니… 다행스럽게도 준비했던 질문 하나가 떠올랐다. 개인적인 (그래서 '사소한') 질문으로 통하리라고 생각하고 준비한 질문이었다. "지금의 구금 생활과 어쩌면 평생 구금될지도 모른다는 생각 때문에 인간으로서의 자기 자신에 대한 느낌이 변한 것이 있나요?" 나는 물었다. 마거릿 A.가 마치 어디서 질문이 나오는지 확인하려는 듯이 내 얼굴을 똑바로 바라보

왔다. 나는 불편한 마음으로 교도관들을 힐끗 쳐다 보았다. 내게 특별히 주의를 기울이고 있지는 않았지만(그건 이 질문이 용인될 만한 수준이라는 의미였다. 그렇지 않다면 인터뷰를 감시하는 관리가 교도관들이 귀에 낀 수신기로 지시를 내렸을 테니까), 나는 전에 없이 그들의 존재가 위협적으로 느껴졌다. '이처럼 많은 사람과 장비가 들어서기에는 방이 너무 좁잖아.' 나는 생각했다.

마거릿 A.의 말을 정확하게 기억하면 좋으련만, 내가 줄 수 있는 건 의미를 간추려 옮긴 말밖에 없다. 그녀는 구금 상태가 자신에게 영향을 미친 것 중 하나는 정부 관리들이 얼마나 자신을 심각하게 생각하는지 알게 된 것이라는 말로 입을 열었다. 덕분에 자신도 스스로를 어느 때보다 심각하게 생각하게 되었다는 재치 있는 말이었다. 그녀는 얼굴을 찡그리긴 했어도 냉소적이지 않은 미소를 띠며 말했다. 생각해 보세요. 만나본 적도 없는 사람들이 제 말에 귀를 기울이기 시작하기 전까지 전 그냥 평범한 사람이었어요. 사람들이 내 입에서 나오는 말 한 마디 한 마디를 마치 총에서 발사되는 총알처럼 심각하게 받아들인다고 상상해 보세요. 그들이 절 독방에 가두고 아무와도 접촉하지 못하도록 할 때까지 전 저 자신을 특별히 심각하게 생각해 본 적이 없는 거 같아요. 그들은 제 입에서 나오는 건 무엇이든 듣는 사람에게 위험하다고 말했어요. 수 주일 동안 전 정체를 알 수 없는 전염병에 걸린 치명적인 환자처럼 완전한 격리 상태로 지냈어요. 전 제가 정신적으로 붕괴할 거라 확신했죠. 하지만 그런 자아도취를 상상할 수 있겠어요? 자기 말이 그처럼 강력하다고 상상이나 가능하겠어요? 그런 공적인 반응 덕분에 저는 유일무이하게 강력한 인물이 되었고, 제가 들어본 바로는 역사상 어느 인간도 가지지 못했던 힘을 가지게 되었죠. 처음에는 스스로도 이런 상황을 심각하게 받아들일 수가 없었어요. 나중에는 조금 두려워졌죠. 하지만 다시 자유롭게 말할 수 있게 될 확률이 이렇게나 희박한데, 어떻게 계속 겁에 질려 있을수가 있겠어요?

　이 대답을 듣고 나는 깜짝 놀랐다. 나는 그녀가 정당한 절차를 부정하는 체제의 부당함에서 느끼는 씁쓸함을(나는 그녀가 정확한 단어를 쓰지 않고도 그 문제에 대해 말할 수 있었다고 생각한다), 구금 탓에 망가진 그녀의 삶을, 친구들과 가족들로부터 추방된 공포를 얘기할 거라 예상했었다. 하지만 내게 말해준 그녀의 관점 덕분에 나는 그녀를 침묵하게 만든 이 장치가 얼마나 이상한지 새삼 깨달을 수 있었다. 단지 하나의 목적을 달성하기 위해 얼마나 많은 자원이 투입되고 있는지, 그리고 소속된 당이나 조직도 없는 (그녀와 관련된 조직은 그녀가 구금되기 삼 개월 전에야 결성되었다) 평범한 어머니이자 중학교 교사였던 한 여성의 말로부터 자신들을 보호해야 한다고 판단함으로써 실제로는 정부가 얼마나 큰 지명도를 그녀에게 부여하고 있는지를. 갑자기 번쩍하면서 여름 저녁 하늘을 찢는 첫 번개처럼 마거릿 A. 현상은 순식간에 모습을 드러내며 사람들을 흥분시켰다.

나는 다음으로 딸을(마거릿 A.의 딸은 어머니가 구금된 후에 뉴질랜드로 이주했다고 널리 알려졌다) 비롯한 다른 가족들을 보고 싶지 않은지 물었다. 마거릿 A.가 몇 분에 걸쳐 이 질문에 답했지만 안타깝게도 내 말주변으로는 정확하게 전달할 수 없는 복잡하고도 예상치 못한 답변이었다.*

우리 세계의 언론과 여러 기관은 사생활을 특권이라 여겨요. 마거릿 A.는 그런 말로 입을 열었다. 사

---

* 다른 사람들과 같이 이 대답을 재구성해보려 했으나 엄청난 독설이 오가는 상황이 되어버리는 바람에 우리는 결국 이 건에 대해 다시는 논의하지 않기로 합의를 보았다.

치품이라 생각하는 거죠. 모든 사람이 누려야 하는 기본적이고도 중요한 것이 아니라요. 사생활이 특권으로 여겨지지 않는 인간 사회는 우리와 똑같은 사회가 아니겠지요. 그 결과, 제 솔직함의 대가를 제 딸이 치렀습니다. 언론과 다른 여러 기관이 강요한 대가였죠. 많은 사람이 저의 솔직함 때문에 저의 사생활이, 그리고 자동으로 제 딸의 사생활이 무시되는 거라고 억측했기 때문에 저희에게 그런 부당한 요구를 했으리라 생각합니다. 그러나 제게 딸에 관한 문제는 저의 자기검열이 딸의 이전에 누렸던 사생활만큼의 가치가 있었는지의 문제가 되었습니다. 제 말이 광범위한 주목을 끌기 전에 제 딸이 누렸던 삶 말입니다. 침묵이 제게 강요했을 대가를 지불할 여유가 제게 있었을까요? 사람이 무슨 일을 하거나 하지 않을 때는 늘 거기에 어떤 위험이 따르는지 결정해야 하는 문제가 있습니다. 분명 당신도 이 촬영에 참여하는 대가로 사생활을 박탈당했을 겁니다. 저는 당신이 오늘 이 자리에 서는 일의 대가가 얼마인지 재봤을지 궁금하군요.

교도관들이 이 말을 막지 않았다는 사실에 나는 놀랐다. 나는 그녀가 얘기하는 중에도 그 답변에서 뭔가 전복적인 느낌을 받았다. 그녀의 말은 내가 잠자코 받은 알몸 검사와 직장 검사만이 아니라 조금이라도 범죄 혐의가 있는 자들과의 접촉을 피하면서 나 스스로를 '깨끗'하게 유지해온 지난 세월을, 사이먼 바트키마저 부러워할 정도로 꼼꼼하게 게임을 벌여온 내 지난 세월을 의미한다고 확실히 느꼈기 때문이었다. 나는 언론과 '다른 여러 기관'에 대한 그녀의 경멸과 '인간 사회'와 '우리 세계'에 대한 언급이 감청 요원들에게는 그녀가 정확히 무슨 얘기를 하는지 파악이 안 될 만큼 모호하게 들리지 않았을까 짐작했다. 하지만 프로듀서의 표정을 보면 그녀가 마거릿 A.의 말을 이해하는 데 아무 문제가 없음을, 그리고 그녀도 나처럼 그 말이 전복적이라고 느낀다는 사실을 알 수 있었다.

그때 우리에겐 할당된 시간이 3분밖에 남아 있지 않았다. 촬영팀이 다른 방을 들락거리고 있었지만, 마거릿 A.와 나는 그때까지 한 방에만 있었다. 나는 다른 방을 보여주면서 마지막 한두 가지 질문에 답해줄 수 있겠냐고 물었다. 그녀는 내 동료들이 마구잡이로 아무것에나 카메라를 들이대는 상황에서 굳이 허락을 구하는 나를 비웃듯이 눈썹을 치켜들었지만 이내 다른 방으로 통하는 문 없는 입구로 먼저 들어가라고 손짓했다. 나는 정원 가꾸기에 관해 물어

보려다가 누비이불이 덮인 매트리스 옆 장판 바닥에 책이 쌓인 것을 보고는 책을 많이 읽는지, 그렇다면 어떤 책을 읽는지 물어보았다. 그녀는 시만 읽는다고 말했다. 나는 책더미 제일 위에 놓인 책을 재빨리 훑어봤지만 '오드리 로드'라는 이름만 간신히 알아볼 수 있었다. 나는 시간에 쫓기면서 방 대부분을 차지한 욕실 설비를 힐끗거렸고, 욕조에 물이 고인 것을 보고 의아해졌다. 거기에 관해 물었더니 그녀는 하루에 한 번 목욕할 수 있는데 그 목욕물이 정원에 줄 유일한 물이라고 말했다. 이제 1분 30초밖에 남지 않은 걸 알고서 나는 초조하게 무슨 일을 하면서 시간을 보내느냐고 물었다. 질문에 대답하는 대신 그녀는 답해봤자 의미가 없다고, 이전에도 두 번이나 그랬듯이, 말을 마치기도 전에 교도관이 와서 인터뷰를 중단시킬 거라고 말했다.

교도관 한 명이 시간이 다 됐다고 말했다. 내가 미처 대비하지 못한, 차마 상상도 못한 순간이었다. 내 성인기 전부가 마거릿 A.와 보낸 이 시간을 위한 서곡이었는데, 그게 갑자기 끝났다. 이런 기회가 다시 오지는 않을 테니, 나는 말이 금지된 이 여성으로부터 무언가를 들을 기회를 다시는 얻지 못할 것이다.[*] 나는 그 순간을 영원히 기억하려는 것처럼 마거릿

A.를 바라보며 몇 초간 얼어붙은 듯 서 있었다. 무표
정한 초로의 얼굴을 쳐다보다 나는 우리 만남이 그
녀에게는 아무 의미가 없음을, 우리는 그저 와서 멍
하니 입을 벌리고 선 또 다른 언론 종사자들일 뿐임
을, 몇 달 후에는 어쩌면 우리를 기억조차 못 할 것
임을 깨달았다. 분명 그녀에게는 모든 언론계 사람
들이 아무 의미도 없는(어쩌면 자신을 구금한 자들이
과도하게 자신을 학대하지 못하게 막는 보험으로서의 의
미 정도는 있을지도 모르지만) 게임을 벌이는 똑같은
로봇들처럼 보일 게 틀림없었다.

　다음 몇 시간 동안 나는 둔한 무감각 상태에 빠져
어떤 결과가 뒤따를지 거의 따져보지도 않은 채 정
보 청취관의 질문에 기계적으로 답을 하고 평가를
들었다. 나는 지금껏 유일하게 열망해왔던 일을 해
냈다. 이제 끝났다. 인터뷰는 실망스러웠고, 미래는
급격한 추락만이 남은 듯했다. 칙칙하고, 지루하고,
무의미했다.

---

* 교도국은 특정 언론인이 마거릿 A.와 한 차례 이상 접촉하지 못
하게 하는 것을 원칙으로 삼고 있다.

직업윤리의 문제

사후 정보 진술을 끝내고 승합차를 빌린 LA 자회
사로 돌아오는 길에 우리는 교도국의 '재교육' 기법
들이 얼마나 속이 뻔히 보이는가를 놓고 10분인가
15분 정도 농담을 했다. 어쨌든 내게는 그 재교육이
란 것이 하나의 시련이었다. (그리고 다른 사람들도
그렇게 느꼈을 거라는 짐작이 들었다. 다들 거기에다 대
고 농담을 한바탕 하고서야 마음이 편해졌으니까.) 정보
청취관이 옳다고 여길 답을 내놓기 위해서라도 정신
을 바짝 차릴 필요가 있었지만, 그 못지않게 마거릿
A.가 한 말을 (가능한 한) 온전히 기억하기 위해서라
도 나는 정신을 차려야 했다. 우리는 분명히 사소한
문제 하나도 없이 풀려났다. 우리 진술을 듣고 정보
청취 책임자가 흡족하다고 넌지시 말했다며 프로듀
서가 우리를 안심시켰으니까 틀림없을 것이다.

마침내 농담으로 각자의 몸에 쌓였던 불편함이 조
금 해소되자 동료들은 이 마거릿 A. 상황이란 게 얼
마나 무의미한 짓인지 불평을 늘어놓기 시작했다.
그들은 마거릿 A.가 왜 그렇게 큰 문제인지 당최 알
수가 없다고 말했고, 마거릿 A.라는 인물 자체는 확
실히 특별할 것이 아무것도 없으니 마거릿 A. 현상이

란 거대한 미디어 사기에 불과한 게 분명하다고 주장
했다. 그들은 예전에 방송됐던 평범한 영상에 비해
우리 촬영분이 더 돋보이리라 기대했던 장면인 컴퓨
터와 '정원'과 반쯤 물이 차 있던 욕조와 물 뜨는 용
도로 쓰던 냄비 영상이 교도국의 검열로 삭제한 것에
대해서도(당연히 우리가 찍은 영상도 다른 것들과 거의
다름없이 보일 것이다) 불만을 토했다. 그 영상들이 삭
제된 데에 대해 그들은 마거릿 A.의 입술이 움직이는
모든 장면이 삭제된 것보다 더 난처해 하고 당황스러
워했다. 그들은 교도국이 독순술사들을 무서워하나
보다고 농담을 하고는 이내 자기들이 보기에는 마냥
지루하기만 한 여자 한 명을 가지고 그처럼 난리를
치는 정부의 망상증에 관해 토론을 벌이기 시작했다.

몇 분간 오가는 얘기를 잠자코 듣고 있던 프로듀
서가 반대 의견을 말했다. "그 여자는 파괴자야." 그
녀가 단정적으로 말했다. "그 여자는 자기와 자기 의
견을 지독하게 확신하기 때문에 세상에서 제일 자신
만만한 사람이나 되어야 그 여자의 전복적인 습격
에 저항할 수 있을 거야." 촬영팀 사람들이 낄낄거렸
다. "무슨 전복?" 그들은 궁금해했다. "그 여자가 악
수를 거부한 거?"

프로듀서는 이 반칙적인 일격을 무시했다. "우리

를 감시하던 저 멍청이들은 그 여자가 무슨 말을 하는지 알아차리지도 못할 정도로 머리들이 둔했어. 그 여자가 '기관들'이라는 단어를 쓸 때 뭘 가리키는지 알아채지 못하는 건 머저리들뿐이야." 반격을 받은 그들은 입을 닫았고, 마거릿 A.에 관한 대화는 끝이 났다.

내가 말이 없다는 사실을 눈치챈 사람은 없었다. 그리고 사실 나는 이럭저럭 엘리사 먼템버에게 연락을 했고, 심지어 스스로를 전혀 의심하지 않고서 생방송 인터뷰 출연 건을 논의하기도 했다.* 스스로에 대한 의심은 뒤늦게, 다른 맥락으로 왔다. 마거릿 A.가 내 입장이었다면 반드시 물었을 게 틀림없을 질문들을 스스로에게 묻기 시작했을 때였다. 그걸 깨닫도록 나를 떠민 사람이 마거릿 A. 촬영 때의 프로듀서였던 것도 놀라운 일이 아니다. 다른 사람들은 아무도 마거릿 A.가 내게 미친 '영향력'까지 파

---

* '급진적'인 내용은 뭐든 편집되거나 아니면 촬영분 자체가 폐기됐을 터이니 촬영을 하면서 뭔가 진지한 분석을 시도하는 건 의미가 없었을 것이다. 나는 마거릿 A.가 여전히 활력을 유지하고 있으며, 강요된 침묵 탓에 의기소침하기는커녕 그것을 자신이 올바른 길을 걷고 있다는 표식으로 받아들인다는 사실을 알리는 일이 중요하다고 여겨서 의식적으로 보이지 않는 자기검열의 선을 넘기로 했다.

고들진 못했지만, '그녀는' 알았다. "너, 마거릿 A.
전향자지." 그녀가 나를 도마 위에 올렸다. "넌 그
여자한테 폭 빠졌어, 그렇지 않아?" 나는 그녀가 쓴
단어가 너무 혐오스러워서 앞뒤 재지도 않고 우리가
교도국의 공범은 아니지 않냐며 논쟁에 불을 붙였
다. 하지만 그녀는 내가 두 번째 문장을 채 끝내기
도 전에 말을 자르고 끼어들었다. "직업 언론인이라
면 전복 따위에 마음을 쓸 여유가 없어." 그녀가 나
를 힐난했다. '여유라는 단어를 쓰다니, 자신이 무슨
말을 하는지 알기나 할까?' 나는 궁금해졌다. 물론
그녀는 아무 생각이 없었을 것이다. 그녀는 내가 잘
속아 넘어가는 바보라고, 직업윤리를 저버렸다고 계
속 비난을 퍼붓더니 해고하겠다고 말했다. "이 건을
인사기록에 올리진 않을게." 그녀가 말했다. 하지만
나중에 내가 주류 언론사에 새 일자리를 구하려 할
때마다 그녀가 눈에 띄게 고의적으로 방해하는 입장
을 취했으므로 나는 그런 약속이 무슨 의미가 있는
지 의심스러워졌다.*

---

* 눈에 보이지 않는 자기검열의 선을 넘은 다른 언론인들과 마찬가
지로 나는 지금 직업을 바꾸느냐 아니면 이민을 가느냐 하는 선택에
직면했고, 결국 후자를 택했다.

이 직업윤리 문제는 전언련 회원들을 괴롭히는 문제다. 내 프로듀서 같은 언론인들의 입장은 객관성을 측정하는 변수들을 결정하는 데에까지 정부가 제시한 맥락화를 이용하는 선에 이르렀다. 그런 맥락화의 범주를 벗어난 사실은 고려를 하는 것조차 전복적인 행위가 된다. 마거릿 A.와의 만남이 내게 가르쳐준 것이 있다면 바로 언론인들에게 요구되는 자기검열이 내가 지불하기에는 너무 큰 대가를 요구한다는 점이다. 그렇다면 이 질문은 언론인의 직업적 이상을 어떻게 그 프로듀서가 주장하는 '직업윤리'를 반영한 관행과 일치시킬 수 있느냐 하는 문제가 된다.

요약

첫째, 마거릿 A. 본인에 관해 말하자면, 나는 감금이나 강제된 침묵이 그녀의 사기를 꺾거나 무기력하게 만들지 못했다고 증언할 수 있다. 오히려 그녀의 말을 지우려는 정부의 노력이 마거릿 A.의 말을 특징짓는 특유의 고유하고도 명확한 표현들을 약화시키기보다는 강화해온 것으로 보인다. '마거릿 A. 수정조항'을 반대하는 대중적 저항에 정부가 더

이상 버틸 수 없는 날이 올 것이고(시간이 지날수록
더 많은 사람이 마거릿 A.를 두려워하는 정부의 공포를
히스테리성 망상증으로 보거나, 아니면 신문 매체들을
엄격하게 통제하기 위한 냉소적인 평계로 여길 것이기
때문이다), 그때 마거릿 A.는 준비가 되어 있을 것
이다.

둘째, 마거릿 A.를 촬영한 내 경험에 따르면 언론
인으로서의 우리는 객관성을 측정하는 변수들과 직
업윤리에다 정부의 맥락화 논리를 합성하는 관행에
질문을 던질 필요가 있다. 특히 그런 맥락화가 말뿐
만이 아니라 사실관계조차 삭제할 것을 요구할 때
는 더욱 그렇다. 지금 언론인들은 '욕조를 보여주는
장면이 무슨 문제가 있는가?'라는 지극히 간단한 질
문조차 체제전복적인 객관성 부족이라는 혐의를 받
을 수 있는 환경에서 일하고 있다. 그러니 마거릿
A.의 말을 대상으로 한 '제한적 검열'이 언론인들이
가진 객관성과 직업윤리의 정의를 여봐란듯이 바꿔
놓았다고 봐야 할 것이다. 전언련 회원이라면 '마거
릿 A. 수정조항'이 이처럼 분명하게 야기한 자기검
열 원칙에 계속해서 굴복하는 자신과 그에 따른 경
력 측면에서의 대가가 무엇인지 고려해볼 것이라고
나는 확신한다.

마거릿 A.를 취재한다는 내 목표는 이미 성취했으니 더 이상 '조심'할 필요가 없다 생각해서 하는 말이지만, 마거릿 A. 촬영 이후에 나는 내 경력의 대가였던 자기검열 과정이 마거릿 A.를 넘어 다른 영역으로까지 확장되고 있음을 알게 되었다. 내 이전 경력이 단 하나의 목표, 마거릿 A.를 직접 취재하겠다는 결심에 지배됐던 걸 생각하면, 사실상 그 취재가 그것을 성취하기 위해 지불했던 대가에 의문을 불러왔다는 사실이 역설적으로 보일지도 모르겠다. 내가 치른 대가에는 개인으로서의 나와 직업인으로서의 나를 온전하게 통합하지 못한 상실뿐만 아니라 내가 사는 세계를 제대로 보지 않고 외면한 것까지 포함되었다. 마거릿 A.와의 만남은 미처 제대로 본 적이 없는 듯한 세계에, 언론인으로서 폭로하고 탐험해야 할 임무가 있는 세계에 눈뜨게 했다. 나는 위장막을 걷고 세계를 새롭게 보게 만드는 힘이 있으므로 마거릿 A.의 말이 금지되었다고 생각한다. 나는 마거릿 A.가 품은 식견을 절대로 완전하게 이해할 수 없을 것이다. 아마 나는 마거릿 A.가 한 말의 진짜 기록을 절대로 갖지 못할 것이다. 하지만 마거릿 A. 덕분에 나는 이제 눈 앞을 가린 위장막을 더듬고 있고, 어쩌면 찢고 있는지도 모른다. 나는 눈앞에 드리운

이 위장막을 찢고, 있는지도 몰랐던 보다 넓고 밝은 세계를 볼 수 있을지도 모른다.

L. 티멜 듀챔프는 미국의 작가이자 편집자 겸 출판인이다. 〈아시모프스 SF 매거진〉, 〈펄프 하우스〉와 같은 SF 잡지와 《풀 스펙트럼》과 같은 다양한 선집에 단편소설을 발표했다. 소설과 평론 창작 외에 듀챔프는 '애퀴덕트 출판사'를 운영하며 다른 작가들에게 목소리를 낼 수 있는 토대를 제공하고 있다. 〈마거릿 A.의 금지된 말〉은 공개적인 발언을 이유로 갇힌 한 여성에 관한 이야기이다. 정부는 마거릿 A.의 말에 한하여 표현의 자유를 제한하는 헌법 수정안을 채택할 정도로 그녀의 말이 위험하다고 판단한다. 1980년에 〈펄프하우스—하드커버 매거진〉에 처음으로 발표되었다.

내 플란넬 속옷

레오노라 캐링턴

내 플란넬 속옷을 아는 사람이 수천 명이다. 무슨 연애 놀음 얘기처럼 들리리라는 걸 나도 알지만, 그렇지 않다. 나는 성인(聖人)이다.

실제로는 '성인'이 되도록 강요당했다고 말할 수도 있다. 누구라도 성스러워지기를 회피하고자 하는 사람이 있다면, 지금 바로 이 이야기를 끝까지 읽어야 한다.

나는 섬에 산다. 감옥에서 나올 때 정부가 내준 섬이다. 불모의 섬이 아니다. 분주한 대로(大路) 한가운데 자리한 교통섬이라 차들이 낮이고 밤이고 사방에서 굉음을 내며 질주한다.

그래서….

내 플란넬 속옷은 잘 알려져 있다. 속옷은 벌건 대
낮에 빨갛고 파랗고 노란 신호등에서 뽑아 온 전선
에 걸려 있다. 나는 매일 속옷을 빨고, 속옷은 햇볕
에 말려야 한다.

플란넬 속옷 외에 나는 신사들이 골프를 칠 때 입
는 트위드 재킷을 입는다. 누가 준 것이다. 그리고
운동화도 있다. 양말은 신지 않는다. 많은 사람이 뭐
라 분류할 수 없는 내 외양을 보고 몸을 사리지만,
(주로는 여행 책자에서) 나에 대해서 들은 바가 있는
사람들은 순례를 온다. 아주 간단한 문제다.

이제 나는 나를 이런 상황에 몰아넣은 특정한 사
건들을 더듬어볼 참이다. 한때 나는 엄청난 미인이
었고, 사람이 다른 사람의 시간을 허비하려는 목적
으로 조직하는 온갖 종류의 칵테일 파티와 시상식과
유해하기 십상인 여러 모임에 참석했다. 나는 언제
나 초대되는 사람이었고, 내 아름다운 얼굴은 최신
유행에 맞춘 의상 위에 끊임없이 미소를 지으며 걸
려 있곤 했다. 그러나 멋들어진 의상 안에는 열렬한
심장이 뛰고 있었는데, 이 매우 열렬한 심장은 원하
는 사람 누구에게나 더운물을 펑펑 쏟아내는 열린
수도꼭지 같았다. 이 낭비가 심한 과정은 곧 미소 짓

84

는 아름다운 얼굴에서 대가를 받아갔다. 이가 빠졌
다. 본래의 얼굴 생김새가 일그러지더니 점점 늘어
가는 작은 주름이 생겨 뼈에서 떨어져 나가기 시작
했다. 나는 상처 입은 자만심과 깊은 우울감이 뒤섞
인 기분으로 앉아 이 과정을 지켜보았다. 내가 내
'달의 차크라' 안에, 섬세한 증기 구름 속에 굳건하게
자리를 잡았다고 생각했다.

어쩌다 거울에 비친 내 얼굴에 미소라도 지었다
면, 이가 세 개밖에 남지 않았고 그마저 썩기 시작
했다는 사실을 객관적으로 관찰할 수 있었을 텐데.

그 결과 나는 치과에 갔다. 의사가 남은 이 세 개
를 치료하고는 분홍색 플라스틱 틀에 교묘하게 가
짜 이를 박아 넣은 틀니를 내밀었다. 점점 줄어가는
재산에서 상당히 큰 몫을 떼어내 값을 치르자 틀니
는 내 것이 되었고, 나는 집으로 들고 와 입안에 끼
워 넣었다.

여전히 주름은 있었지만 '얼굴'이 조금이나마 예
전의 '저항할 수 없는 매력'을 회복한 듯 보였다. 달
의 차크라에 웅크리고 있던 '나'가 굶주린 송어처럼
뛰쳐나와 '한때는 아주 아름다웠던' 모든 얼굴 안에
드리운 날카로운 미늘 낚싯바늘을 덥석 물었다.

나와 얼굴과 분명한 지각 사이에 자력을 띤 엷은

안개가 일었다. 나는 안개 속에서 뭔가를 보았다. "이런, 이런. 난 정말로 오래된 달의 차크라 안에서 돌이 되려던 참이었는데. 이건 분명 나야. 이 아름다운, 빠진 이 하나 없이 미소 짓는 생물은. 지금까지 난 사랑이라곤 찾아볼 수 없는 어두운 혈류 속에 미라화된 태아처럼 앉아 있었지. 이제 난 호화로운 세계로, 다시 가슴이 뛰는, 근사하고 따뜻한, 주체할 수 없이 흘러넘치는 감정의 풀장에서 다시 가슴을 펄떡이는 세계로 돌아왔어. 사람이 많을수록 더 재미있겠지. 나는 풍성해질 거야."

이런 온갖 비참한 생각들이 늘어나 자력을 띤 안개에 반영되었다. 나는 과거에는 늘 결과가 신통찮았던 예전의 그 수수께끼 같은 미소로 돌아간 내 얼굴을 쓰고 안개 속에 발을 들여놓았다.

나는 들어서자마자 갇혀버렸다.

무시무시하게 웃으면서 게걸스럽게 서로를 잡아먹으려 애쓰는 얼굴들의 정글로 돌아온 것이다.

이쯤에서 이런 종류의 정글이 실제로 어떻게 돌아가는지 설명해야 할 것 같다. 각 얼굴에는 입이 제공된다. 입은 제각기 다른 종류의 이빨로 무장했는데, 때로는 진짜 이빨일 때도 있다. (마흔이 넘고 이가 없는 사람은 누구든 우주 털실을 낭비하는 대신 조용히 원

래의 새 몸을 짤 정도의 감각은 있어야 한다.) 이빨이 쩍
벌어진 목구멍으로 가는 길을 가로막아서 얼굴이 삼
킨 건 뭐든 악취 나는 공기 중으로 도로 게워진다.

　이런 얼굴에 달린 몸뚱이는 얼굴을 붙잡아두는 무
게 추 역할을 한다. 몸뚱이는 대개 당시 유행하는 '패
션'에 따라 온갖 색과 형태로 조심스럽게 덮여 있다.
이 '패션'이라는 것은 지칠 줄 모르는 갈망으로 돈과
악명에 달려드는 또 다른 얼굴이 내놓는 탐욕스러운
개념이다. 계속되는 끔찍한 고통을 호소하는 몸뚱
이들은 대체로 무시되고, 얼굴의 이동수단으로서만
이용될 뿐이다. 아까도 말했지만, 무게 추 말이다.

　그러나 새 이를 드러내자마자 나는 뭔가 잘못됐
음을 알았다. 아주 잠깐 수수께끼 같은 미소를 지은
뒤에 미소는 아주 뻣뻣하고 딱딱해졌고, 거의 생기
를 잃은 몸에 걸린 부드러운 회색 가면에 필사적으
로 매달린 '나'를 버려두고 얼굴이 붙어 있던 뼈대에
서 미끄러져 내렸기 때문이었다.

　이제 이 사건의 이상한 부분이 드러난다. 이미 측
은한 구경거리를 보는 듯한 표정을 짓고 있던 정글
얼굴들이 공포에 질려 움찔거리는 대신 내게 다가와
내가 가지고 있다고 생각지 않았던 어떤 것을 달라
고 간청하기 시작했다.

혼란스러워진 나는 어느 그리스인 친구에게 의견을 물었다.

그가 말했다. "저 사람들은 네가 완벽한 얼굴과 몸을 엮었다고 여기고 있어. 그러니 네가 언제든 쓸 수 있는 여분의 우주 털실을 가지고 있다고 생각하는 거지. 설사 네가 가지고 있지 않다고 해도, 네가 털실에 대해 안다는 바로 그 사실 때문에 저 사람들은 그걸 훔쳐야겠다고 결심하게 되는 거야."

"난 말 그대로 털실 전부를 허비해버렸어." 내가 그에게 말했다. "그리고 누군가 그걸 훔쳐가면 나는 당장 죽어서 완전히 분해되어 버릴걸."

그리스인이 말했다. "삼차원 삶이란 태도로 구성되지. 저 사람들의 태도는 상당히 많은 털실을 가지고 있으리라 여겨지는 사람을 대하는 태도야. 넌 어쩔 수 없이 삼차원적으로 '성인'이 되어야겠어. 그 말은, 네가 네 몸을 잘라서 저 얼굴들에게 각자의 몸을 잣는 법을 가르쳐야 한다는 거야."

측은해 하는 그리스인의 말을 듣고 나는 공포에 질렸다. 난, 나 자체가 하나의 얼굴이다. 그 순간 그 사교적인 얼굴 먹기 대회에서 가장 빨리 물러날 방법이 떠올랐다. 생각과 동시에 나는 튼튼한 강철 우산으로 어느 경찰관을 공격했다.

나는 재빨리 감옥에 보내졌고, 그곳에서 명상과 강제 운동으로 건강을 찾는 나날을 보냈다.

　모범적인 수형 생활에 감동한 여자 교도소장이 과도한 선심을 썼고, 덕분에 정부는 개신교도 공동묘지 한쪽 구석에서 작지만 성대한 기념식을 치른 다음 내게 이 섬을 선물해주었다.

　그래서 나는 여기, 지각할 수 있는 모든 방향으로, 심지어 머리 위로도 갖가지 크기의 인공 기계들이 씽씽 달려가는 섬에 있다.

　여기 내가 앉아 있다.

———————

레오노라 캐링턴은 생애 대부분을 멕시코에서 산 영국 태생의 유명한 초현실주의 화가이자 작가이다. 캐링턴은 '아주 어린 시절부터 온갖 종류의 유령들과 환상을 겪는 매우 이상한 경험들을 하곤 했다'라고 말한 적이 있다. 그림이 워낙 찬사를 받는 통에 그녀의 소설 작품들이 그늘에 가리는 경향이 있지만, 캐링턴의 기묘한 이야기들은 앤젤라 카터를 비롯한 많은 작가에게 큰 영향을 미쳐왔다. 《일곱 번째 말》과 《타원형 아가씨》 등의 선집들이 출간되었다. 〈내 플란넬 속옷〉은 여성, 특히 창조적인 여성이 어떻게 주류에서 밀려나 대중의 시야에서 사라지는 동시에 다른 맥락으로는 모두의 눈앞에 전시되는지를 환기시킨다. 1988년 출간된 단편집 《일곱 번째 말》에 처음으로 소개되었다.

유리병 마술

네일로 홉킨슨

대기에는 폭풍의 조짐이 가득했지만, 좀체 시작
되지를 않았다.

베아트리스는 앞 베란다에 놓인 고리버들 흔들의
자에 앉아 얇은 널빤지 바닥에 맨발을 대고 밀며 천
천히 앞뒤로 몸을 흔들었다. 별다를 것 없는 어느 더
운 우기의 오후였다. 바싹 마른 대기 중의 산소가 모
두 끓어올라 어렴풋이 드리운 저 비구름이 되어 기
다리는 듯 건조한 열기가 느껴졌다.

아, 하지만 그녀는 이런 날을 좋아했다. 날이 더
우면 더울수록 더 천천히 움직이면서 햇볕을 쬐었
다. 그녀는 사방에 풍성한 열기를 더 많이 끌어들이

기 위해 팔다리를 뻗었다가 뭔가 잘못을 저지른 사람처럼 퍼뜩 자세를 바로잡았다. 그렇고 구부리고 있는 걸 보면 사무엘은 잔소리를 하겠지. 꽉 막힌 사무엘. 그녀는 지붕 끝자락에 덧댄 야단스러운 흰색 도림질 세공 장식을 지나 바닥에 닿은 레이스 같은 햇빛 무늬에 감탄하며 사랑스러운 미소를 지었다.

"오늘 할 일이 더 있어요, 포웰 부인? 설거지는 다 했어요." 글로리아가 집에서 나와 부르튼 손을 앞치마에 닦으며 그녀 앞에 섰다.

베아트리스는 자기보다 나이 든 여성에게 이래라저래라 지시해야 한다는 생각을 할 때마다 늘 쭈뼛쭈뼛한 기분이 들었다.

"아… 아뇨, 다 된 거 같아요, 글로리아….."

글로리아가 포크로 긁은 당밀처럼 얼굴에 주름을 잔뜩 잡으면서 한쪽 눈썹을 치켜들었다. "그럼 전 이만 가서 좀 쉬어야겠어요. 부인과 사무엘 씨는 오늘 밤 오붓하게 둘만 계셔야 하니까…. 그분께 말씀드릴 때가 됐어요."

베아트리스가 부끄러운 얼굴로 '아' 하고 웃으려 했지만 실패했다. 글로리아는 알고 있었다. 그처럼 아이를 많이 낳아봤으니, 처음부터 그 소식을 사무엘한테 전하고 싶어서 안달복달했을 것이다. 하지만 베아트리스는 어제 이미 사무엘에게 말하기로 결심했다. 음, 거의 그랬다. 그녀는 장난을 치려다 들킨 아이처럼 살짝 짜증이 났다. 그녀는 그 감정을 삼켰다. "맞는 거 같아요, 글로리아." 그녀는 나이 많은 여성 앞에서 약간의 위엄을 세우려 애쓰며 말했다. "아마도… 아마도 특별요리라도 준비해서 잘 먹인 다음에 말할까 봐요."

"음, 지금이 기회라는 건 제 말이고, 부인이 사무엘 씨께 알려드려야 할 때는 이미 지났죠. 아이는 가족에게 축복인데."

"그렇죠." 베아트리스는 가능한 한 확고하게 들리는 목소리로 동의했다.

"그럼, 나중에 뵈어요, 포웰 부인." 허락조차 청하지 않고 스스로에게 오후 휴가를 준 글로리아가 외출복으로 갈아입기 위해 집 뒤편에 있는 가정부 방으로 향했다. 몇 분 뒤에 그녀가 정원 문으로 빠져나갔다.

***

"이처럼 순진한 나이의 젊은 여성이 읽기에는 너무 거친 책인 것 같군요."

"뭐라고요?" 베아트리스는 자기보다 나이가 많아

보이는 남자에게 방어적으로 예리한 시선을 던졌다.

예상치 못한 일격이었다. 서점에 들어선 이래로 내내 그의 시선이 자신을 따라다니는 걸 알고 있긴 했지만.

"저한테 하실 말씀 있으세요?" 그녀는 가격이 적힌 스티커를 몸쪽으로 숨기며 자기 것인 양《그레이 해부학》을 옆구리에 끼었다. 두 달은 더 돈을 모아야 살 수 있는 책이었다.

그가 수줍게 그녀를 바라보았다. "무례했다면 죄송합니다, 아가씨." 그가 말했다. "저는 사무엘이라고 합니다."

잘 생겼다고 볼 수도 있었다. 조금 더 침착해야지. 베아트리스의 경계심이 약간 누그러졌다. 해가 쨍쨍한 더운 대낮인데도 그는 검은 모직 재킷과 바지를 입었다. 빳빳한 흰 면 셔츠는 목 끝까지 단추가 채워졌고, 고상하지만 상상력 없는 넥타이가 매달려 있었다. 세상에, 참 바르기도 하셔라. 그는 그녀보다 나이가 아주 많아 보이지도 않았다.

"그냥… 당신이 너무 예뻐서요. 얘기를 나누고 싶어서 생각을 해봤지만 떠오르는 말이 이것밖에 없네요."

그 말에 베아트리스는 조금 더 마음을 놓았고, 그

를 향해 미소를 지으며 블라우스 목깃을 만지작거렸다. 딱딱하고 뻣뻣한 태도만 빼면, 그는 그렇게 나빠 보이지 않았다.

* * *

베아트리스는 미심쩍다는 듯이 살짝 부풀어 오른 아랫배를 토닥거렸다. 4개월이다. 사무엘에게 얘기하기는 부끄럽지만, 배가 불러오는 게 점차 눈에 띄기 시작했다. 더 미루는 건 어리석어, 그렇지? 오늘 그녀는 남편을 아주 행복하게 만들어줄 참이다. 여전히 둘 사이를 갈라놓는 엷은 비탄의 껍질을 깨뜨릴 것이다. 그가 그렇다고 한 적은 없지만, 베아트리스는 그가 여전히 앞서 여읜 첫 번째 아내와 두 번째 아내를 생각한다는 걸 알았다. 그가 다시 삶을 받아들이도록 도울 수 있기를, 그녀는 바랐다.

앞뜰 구아바나무 사이로 햇빛이 명멸했다. 베아트리스는 햇볕에 데워진 과일이 내는 달콤한 향기를 들이마셨다. 나뭇가지마다 둥근 달걀 같은 부드러운 연노랑 구슬들이 주렁주렁 달렸다. 나뭇가지에 매달아 놓은 푸른 병 두 개에 햇빛이 반사돼 짙은 푸른빛이 이파리들 사이에서 춤을 추었다.

처음 사무엘의 집에 왔을 때 베아트리스는 구아

바나무 가지에 매달아 놓은 병 두 개를 보고 왜 달아 놨을까 궁금해했다.

"그냥 내가 미신을 믿어서 그래, 자기." 그가 말했다. "누가 죽으면 영혼이 담길 병을 나무에 걸어놓아야 한다고, 그러지 않으면 영혼이 악령이 되어 돌아와 괴롭힌다는 옛날 미신 들어본 적 없어? 푸른색 병이어야 해. 시원하게 해줘야 죽은 것에 분노한 악령이 괴롭히러 돌아오지 않으니까."

베아트리스도 뭔가 그런 비슷한 이야기를 들은 적은 있지만, 사무엘이 그런 미신을 믿는 남자라고 생각하니 이상했다. 그러기에 그는 너무 절제되고 이성적인 사람이었다. 뭐, 비탄은 사람을 이상하게 만들기도 하니까. 저렇게 병을 걸어두면 불쌍한 아내들의 어떤 실체가 가까이 있다는 느낌이 들어서 모종의 위안이 되는지도 모른다.

* * *

"그 사무엘이라는 사람, 괜찮더라. 점잖고 일도 열심히 하고. 네가 늘 데이트하러 다니는 그 양아치들 같지 않아." 어머니가 푸줏간 칼을 집어 들고 카레를 만들 염소 고기를 능숙하게 깍둑썰기 시작했다.

베아트리스는 칼질당하는 붉은 살코기 덩어리들을 바라보았다. 진홍색 액체가 도마 위로 배어 나왔다. 그녀는 한숨을 쉬었다. "하지만, 엄마. 사무엘은 너무 지루해! 마이클과 클립튼은 즐기는 법을 안다고. 사무엘은 교외로 드라이브 가는 것 말고는 아무것도 안 하려고 해. 내가 다른 사람들과 같이 있는 꼴을 못 본다니까."

"넌 책을 봐야지, 즐길 게 아니라." 어머니가 부루퉁하게 대답했다. 베아트리스는 변명했다. "내가 둘 다 잘할 수 있다는 거 알잖아, 엄마." 어머니는 그저 혀만 끌끌 찰 뿐이었다.

베아트리스의 말은 사실이었다. 그녀에게 구애하는 남자들은 줄을 이었고, 새 떼처럼 그녀에게 모여들어 하나같이 같이 춤을 추러 가거나 술을 마시러 가고 싶어 안달이었다. 하지만 그런 와중에도 그녀는 좋은 성적을 올렸다. 그게 숱한 밤을 침대 옆자리에서 웬 남자가 코를 고는 동안 숙취로 둥둥 울리는 머리와 울렁거리는 속을 부여안고 밤새워 공부하는 걸 의미했지만 말이다. 모든 의과 과목에서 A학점을 받지 못하면 엄마가 죽이려 들 것이다. "넌 자신을 챙겨야 해, 베아트리스. 남자가 대신해주진 않아. 그들은 알량한 단물을 빨아먹고 나면 도망쳐버리니까."

"더블버거하고 킹 콜라 주세요." 주문하는 남자의 가슴이 넓고 허리는 날씬했다. 보기 좋은 얼굴이기도 했다. 베아트리스는 그에게 상냥하게 미소 짓고는 거스름돈을 건네줄 때 은근슬쩍 손끝으로 그의 손바닥을 쓸었다.

* * *

구아바나무에서 새가 날카로운 소리를 질렀다. 작은 딱새 한 마리가 미친 듯이 울어댔다. "딧, 딧, 케스 킬 딧!(말해, 말해, 그가 뭐라고 했는지!)" 작은 뱀 한 마리가 위쪽 나뭇가지 하나를 칭칭 감고는 막 새 둥지에서 대가리를 빼는 참이었다. 훔친 새알을 문 뱀의 턱이 벌어져 있었다. 뱀이 알을 통째로 삼키자 먹이를 품은 목구멍이 커다랗게 불거졌다. 새는 뱀의 대가리 주위를 맴돌며 가여운 비탄을 쏟아냈다. "말해, 말해, 그가 뭐라고 했는지!"

"저리 가!" 베아트리스는 뱀을 향해 소리를 질렀다. 뱀이 소리 나는 쪽을 돌아봤지만 물러나지는 않았다. 뱀이 알을 목구멍 아래로 더 밀어내기 위해 뭔가를 삼키듯이 입을 여닫는 걸 보고 베아트리스는 몸서리를 쳤다. 그러고는 필사적으로 주변을 맴도는 부모 새는 안중에도 없이 뱀은 다시 몸을 굽혀 대가리를 둥지에 들이밀었다. 베아트리스는 벌떡 일어나 마당으로 달려갔다. "쉿! 쉿! 거기서 나와!" 하지만 뱀은 두 번째 알을 물어 올렸다.

사무엘이 구아바 열매를 딸 때 쓰는 갈고리 달린 긴 장대가 나무에 걸쳐져 있었다. 베아트리스는 그 장대를 움켜쥐고 새 둥지와 가까운 가지들을 찌르기 시작했다. "건들지 마, 이 짐승아! 저리 가!" 장대가 나뭇가지와 얽혔다. 나무에 달린 병 두 개가 떨어져 퍽 소리를 내며 깨졌다. 갑자기 더운 산들바람이 불었다. 뱀은 알 두 개로 목덜미를 부풀린 채 재빨리 미끄러져 사라졌다. 새는 새대로 어디론가 흐느끼며 날아갔다.

지금 할 수 있는 일은 없었다. 사무엘이 집에 오면 저 기분 나쁜 뱀을 찾아서 죽여줄 것이다. 그녀는 장대를 다시 나무에 기대 세웠다.

그 가벼운 산들바람 덕분에 좀 시원해져야 마땅한데 날은 더 더워질 뿐이었다. 작은 먼지 회오리 두 개가 잠시 베아트리스 주변에서 춤을 추었다. 두 회오리가 뜰을 건너가더니 공중으로 날아올랐고, 쓰지 않는 세 번째 침실의 닫힌 창에 부딪히더니 먼지로 흩어졌다.

베아트리스는 베란다에서 샌들을 가져왔다. 깨진 유리 조각을 밟기라도 하면 사무엘이 좋아하지 않을 것이다. 그녀는 한쪽 벽에 기대 세워놓았던 빗자루를 들고 병 조각들을 쓸기 시작했다. 사무엘이 지나치게 화를 내지 않기만 바랄 뿐이었다. 그는 화를 잘 내는 사람이 아니었지만, 화를 내려고 마음만 먹으면 그녀의 아버지만큼이나 험악해질 수 있었다.

그녀가 '아빠'라는 사람에 대해서 기억하는 모습 대부분이 화를 내는 모습이었다. 쉽게 벌컥 했다가 또 그만큼 빨리 가라앉았던 아빠의 화내는 모습. 아빠는 그런 사람이었고, 베아트리스가 채 다섯 살이 되기도 전에 가족을 버리고 사라졌다. 그녀가 유일하게 소중하게 생각하는 기억은 아빠가 커다란 한 손으로 자기 작은 두 손을 모아쥐고 앞뒤로 흔들던 기억이었다. 그녀는 다리를 바짝 구부린 채 공중에서 흔들렸다. 안전했다. 아이를 흔들면서 아빠는 옛날 이야기에 나오는 노랫말을 읊조리곤 했다.

영-경-평아, 이리 와 봐, 정말 예쁜 바구니야!
마가렛-포웰-얼론아, 이리 와 봐, 정말 예쁜 바구니야!
에기-로야, 이리 와 봐, 정말 예쁜 바구니야!*

그러고는 폐에서 공기가 다 빠져나가도록 아이를 꼭 껴안았고, 아이는 숨도 못 쉴 정도로 깔깔거리며 웃었다. 엄마가 그 장난을 보고 아빠를 얼마나 호되게 질책했던가! "그러다 맨바닥에 애를 떨어뜨려 머리라도 깨려고 그래? 엉? 왜 좀 더 믿음직하게 행동하질 못해?"

"믿음직?" 아빠가 버럭 소리를 질렀다. "그 배에 먹을 걸 넣어주려고 새벽부터 밤까지 개처럼 일하는 사람은 누군데?" 아빠가 베아트리스를 내려놓았고, 아이는 땅을 디디면서 발을 삐었다. 아이가 울기 시작했지만, 아빠는 그저 아이를 엄마 쪽으로 밀고는 문을 박차고 나가버렸다. 계속되는 둘 간의 전투에서 벌어진 또 한 번의 총격전이었다. 아빠가 떠난 후 엄마는 생계를 위해 마을에 작은 음식점을 열었다. 베아트리스는 밤마다 노동으로 갈라지고 주름진 엄마의 손에 로션을 발라주었다. "그 남자 때문에 우리

* 캐리비언 지역의 옛날이야기에 나오는 구절이다. 어느 나라의 왕이 세 딸의 이름을 맞히는 자에게 왕국을 넘겨주겠다고 공표하자 마음대로 모양을 바꿀 수 있는 사기꾼 아난시가 아주 예쁜 바구니를 만들어 공주들이 목욕하는 강가에 가져다 둔다. 공주들은 서로 예쁜 바구니를 보고 서로의 이름을 부른다. 아난시는 왕에게 가 공주들의 이름을 밝히고 가장 어린 마가렛-포웰-얼론을 아내로 맞이한다. — 옮긴이

가 어떻게 됐는지 알지?" 엄마는 자주 한탄을 했다. "내 신세가 어떻게 됐는지 봐."

베아트리스는 속으로 아빠한테 필요했던 건 약간의 인내심뿐이었을지도 모른다고 생각했다. 엄마를 사랑하지만, 엄마는 너무 가혹했다. 베아트리스는 엄마를 기쁘게 해주려고 고등학교 내내 열심히 공부했다. 읽기 힘든 그녀의 구불구불한 글씨로 실험 결과들을 빼곡히 적어넣었던 물리, 화학, 생물학 제본 책들. A학점을 받아와도 어머니는 잘해봐야 애매한 툴툴거리는 소리와 훈계 정도로 반길 뿐이었다. 베아트리스는 쾌활하게 웃으며 상처를 감추었고, 인정따위 받아봐야 자신에겐 아무 의미도 없는 체했다. 그녀는 계속해서 열심히 공부했지만, 자신만의 놀이를 위해 약간의 시간을 떼놓을 줄 알게 되었다. 처음에는 영국식 야구와 농구, 그리고 나중에는 남자애들이었다. 하나같이 그녀처럼 피부색이 연한 혼혈 소녀와 재미 볼 기회를 원했던 그 남자애들. 베아트리스는 재빨리 자신의 매력을 알아차렸다.

* * *

"레고 비스트…." 헐렁한 년. 베아트리스가 도서관 계단에 앉아 데리러 오기로 한 클립튼을 기다리는데, 구부정한 자세로 지나치던 한 무리의 여자애 중 누군가가 숨죽인 목소리로 말했다. 베아트리스는 귀를 막아 그 말에 돋친 가시를 덮어버리고 싶었다. 몇몇은 그녀가 아는 애들이었다. 마게리타와 데보라는 예전 그녀의 친구이기도 했다. 여봐란듯이 꼿꼿이 몸을 세운 채 앉아 있긴 했지만, 베아트리스의 손은 남의 시선을 의식하듯 연신 짧은 흰색 치맛자락을 당겨댔다. 그녀는 조금이라도 더 허벅지를 가려볼까 싶어 커다란 물리학 전공 책을 무릎에 놓았다.

부릉부릉 방귀를 뀌는 것 같은 클립튼의 오토바이 소리가 들렸다. 그가 급회전하며 멋지게 베아트리스 앞에 오토바이를 세우고는 싱긋 웃었다. "공부시간은 이제 끝났어, 자기. 놀 시간이야."

늘 그랬지만 그는 그날 저녁에도 멋있었다. 딱 달라붙는 흰 셔츠와 허벅지 근육이 불거지는 청바지. 목에 걸린 가는 사슬 금목걸이가 구불거리며 그의 짙은 갈색 피부를 더 돋보이게 했다. 베아트리스는 일어서서 책을 옆구리에 끼고는 엉덩이 쪽 치맛자락을 매만졌다. 클립튼의 시선이 그녀의 손이 움직이는 대로 따라갔다. 봐, 사람들을 상냥하게 굴게 만드는 데는 그다지 많은 게 필요 없어. 그녀는 그를 향해 방긋 웃었다.

* * *

　사무엘은 여전히 이따금 나타나 교외로 드라이브
를 가자고 청하곤 했다. 그는 그녀에게 구애하는 다
른 이들보다 훨씬 나이가 많았다. 그리고 무미건조
하다고 해야 하나? 교외 드라이브라니, 맙소사! 그
녀는 몇 번 그와 데이트를 했다. 하도 끈질긴 바람
에 '아니'라고 말하지 못해서였다. 그는 정말로 공부
를 해야 한다는 그녀의 암시를 영 알아채지 못하는
것 같았다. 그런 사무엘이었지만, 사실대로 말하자
면 그녀는 조용하고 별로 요구하는 게 없는 그의 존
재를 편안하게 느끼기 시작했다. 달걀껍데기처럼 하
얀 그의 BMW 세단은 돌투성이 시골길을 너무 조용
하게 달려서 망고나무에 앉아 예의 그 질문을 읊조
리는 딱새 소리가 들릴 지경이었다. "말해, 말해, 그
가 뭐라고 했는지?"

　어느 날 사무엘이 선물을 가져왔다.

　"이건 너와 어머니께 드리는 거야." 그가 수줍게
말하면서 쭈글쭈글한 종이봉투를 하나 건네주었다.
"어머니께서 이거 좋아하시는 거 알아." 안에는 그
가 직접 텃밭에서 기른 통통한 가지 세 개가 들어 있
었다. 베아트리스는 그 보잘것없는 선물을 꺼내 들

었다. 가지는 팽팽했고 푸른 광택이 났다. 나중에 그
녀는 자신이 사무엘을 사랑하기 시작한 때가 그때였
다는 걸 깨달았다. 그는 안정적이고, 견실하고, 믿을
만했다. 엄마와 그녀를 행복하게 해줄 사람이었다.

베아트리스는 갈수록 사무엘의 남다른 구애에 굴
복해갔다. 그는 교양 있는 사람이었고 말을 잘했다.
그는 외국에 나가본 적이 있었고, 아이스하키나 스
키 같은 이국적인 스포츠 얘기도 했다. 그는 그녀로
서는 이름만 들어본 근사한 식당에 그녀를 데리고
갔다. 젊고 아직 가진 게 없는 다른 남자친구들은 그
런 데를 감당할 수도 없을뿐더러, 같이 가봤자 오히
려 낯부끄러운 일이나 만들 것이 뻔했다. 사무엘은
세련됐다. 하지만 겸손하기도 했다. 채소를 직접 기
른다거나, 자기 얘기를 할 때 느껴지는 자신을 낮추
는 말투 같은 걸 보면 말이다.

그는 언제나 시간에 맞춰 나타났고, 그녀와 그녀
의 어머니 앞에서 언제나 예의 바르게 행동했다. 베
아트리스는 수업 후에 데리러 온다든지 어머니를 미
용실까지 태워다 드린다든지 하는 소소한 일들을 그
에게 믿고 맡길 수 있었다. 다른 남자들이었다면 어
머니의 식당에서 또 공짜 식사를 하는 대신 어딘가
다른 데로 저녁을 먹으러 갈 때까지 부루퉁해 있어

야 하거나, 콘돔을 쓰도록 온갖 감언이설을 늘어놓
아야 하는 등 늘 방어적인 태도를 유지해야 했다. 편
하게 남자들과 어울리면서도 그녀의 한구석은 늘 긴
장을 늦추지 못했다. 그러나 사무엘과 함께라면, 베
아트리스는 그를 믿고 느긋해질 수 있었다.

* * *

"베아트리스, 이리 와 봐! 빨리, 오!"

베아트리스는 뒤뜰에 있다가 어머니의 고함을 듣
고 집 안으로 뛰어들어갔다. 엄마한테 무슨 일이 생
긴 거지?

어머니는 여전히 한 손에 칼을 든 채 가게에 가
져갈 파운드케이크를 만들려고 우묵한 그릇에 달걀
을 깨 넣던 자세 그대로 식탁에 앉아 있었다. 어머니
는 입을 닫지 못할 정도로 기뻐하며 빨간 장미 꽃다
발의 긴 줄기를 초조하게 비트는 사무엘을 빤히 바
라보았다. "세상에, 베아트리스, 사무엘이 너와 결
혼하고 싶대!"

베아트리스가 무슨 말인가 싶어 사무엘을 쳐다보
았다. 그녀는 믿을 수 없다는 듯이 물었다. "사무엘,
무슨 말이야? 사실이야?"

그가 고개를 끄덕였다. "맞아, 베아트리스."

베아트리스의 가슴에서 뭔가가 빠져나갔다. 오래 참았던 숨처럼 천천히. 그녀의 심장은 유리병 안에 갇혀 있었고, 그가 그걸 풀어주었다.

* * *

둘은 두 달 뒤에 결혼했다. 엄마는 이제 은퇴했다. 사무엘이 엄마에게 교외에 있는 작은 집을 사 주고 일주일에 세 번 와서 일하는 가정부에게 급료도 지급했다. 결혼을 준비하느라 들뜬 베아트리스는 공부에 소홀해지는 걸 그냥 놔뒀다. 그녀는 대학 마지막 학년을 실망스럽게도 간당간당한 평균 C학점으로 마쳤다.

"신경 쓰지 마, 자기." 사무엘이 말했다. "어찌 됐든 난 당신이 공부한다는 생각을 좋아하지 않았으니까. 공부는 어린애들이나 하는 일이지. 당신은 이제 다 큰 어른 여자야." 엄마도 사위에게 동의하며 이제 공부 같은 거 다 필요 없다고 딸에게 말했다. 베아트리스는 둘에게 반박하려고 했지만, 사무엘은 자기가 무얼 원하는지 확실하게 알고 있었고, 그녀는 벌써 부부 사이에 충돌 같은 걸 일으키고 싶지 않아서 그만뒀다. 점잖은 태도에도 불구하고 사무엘은 약간 욱하는 성질이 있었다. 남편의 뜻을 거스를 이유가 없다. 남편을 행복하게 만드는 데는 큰 힘이 들지 않으니까. 그리고 그는 그녀의 사랑이었고, 그녀가 믿을 수 있는 유일한 남자였다.

게다가 그녀는 집안의 안주인 노릇 하는 법을 배우는 중이었다. 그녀는 가정부인 글로리아와 한 달에 두 번 잔디를 깎고 풀을 뽑으러 오는 사내애 클레이티스에게 권위와 익살을 적절하게 섞어가며 대하려 노력했다. 평생 어머니의 가게에서 일하며 주문을 받는 사람이었는데, 갑자기 사람들에게 이래라저래라 주문하는 입장이 돼서 기분이 이상했다. 베아트리스는 다른 사람에게 자기 일을 대신 하라고 말하는 게 불편했다. 어머니는 익숙해져야 한다고, 지금 그녀는 그런 위치에 있다고 말했다.

천둥이 치자 하늘이 우르르 울렸다. 여전히 비는 내리지 않았다. 뜨끈한 날은 근사하지만, 좋은 것도 너무 오래되면 질리게 마련이다. 베아트리스는 입을 열고 약간 헐떡이며 폐에 더 많은 공기를 끌어들였다. 아기가 횡격막을 누르는 통에 요즘 그녀는 약간 숨이 찼다. 안으로 들어가면 열기에서 벗어날 수 있다는 걸 알고 있지만, 집 안은 사무엘이 에어컨을 세게 틀어놔서 버터를 주방 조리대에 그냥 놔둬도 될 정도로 추웠다. 역한 냄새 같은 것이 나는 일도 없었다. 벌레들조차 안으로 들어오지 않았다. 가끔 베아트리스는 이 집이 정말로 열대가 아니라 어디 다른 곳에 있는 것처럼 느껴졌다. 평생 개미와 바퀴벌레를 상대로 끝없는 전쟁을 치르며 살았는데, 사무엘의 집에서는 그런 일이 없었다. 베아트리스는 집 안의 냉기 때문에 덜덜 떨었고 눈은 눈구멍 안에 든 삶은 달걀처럼 건조해졌다. 사무엘은 베아트리스가 바깥에 너무 오래 있는 걸 좋아하지 않았지만, 그녀는 가능한 한 자주 밖으로 나갔다. 그는 자칫 암이라도 생겨 그녀의 고운 피부가 상하지 않을까, 그래서 또 아내를 잃게 되지 않을까 두렵다고 말했다. 하지만 그는 아내가 너무 햇볕에 그을리는 걸 원치 않을 뿐이라는 사실을 베아트리스는 알았다. 그녀의 몸에 햇빛이 닿으면 피 속에서 암갈색과 계피색이 뿜어져 나와 우유색과 벌꿀색을 압도했다. 그러면 그녀는 더는 백인인 체할 수 없었다. 그는 그녀의 옅은 피부색을 좋아했다. 네 귀퉁이에 기둥이 세워진 침대에서 상냥하게, 거의 간청하듯이 그녀와 사랑을 나누는 밤이면 그는 말하곤 했다. "달빛을 받은 자기가 얼마나 빛나는지 봐." 그의 손이 그녀의 살결을 따라 미끄러지다 고귀한 걸 쥐듯이 가슴을 감쌌다. 그의 눈에 드러난 표정이 너무나 숭배에 가까워서 가끔 그녀는 무서워졌다. 이처럼 사랑받다니! 그는 그녀에게 속삭였다. "아름다워. 나 같은 야수에게 이런 하얀 미인이 오다니." 그러고 그는 그녀의 예민한 귀 점막에 차가운 숨결을 불어넣어 환희에 떨게 했다. 그녀 쪽에서 보자면, 그녀는 그를, 그의 당밀처럼 짙은 피부를, 그의 넓은 가슴을, 그 가슴에서 편평한 근육들이 서로를 스치며 꿈틀거리는 걸 보는 게 좋았다. 그녀는 지구의 지각판들이 움직이는 걸 상상했다. 그녀는 달빛이 그에게 선사해주는 검푸른 색조를 사랑했다. 한 번은 자기 위로 우뚝 솟아오른 그를, 자기를 밀어냈다 다시 안으로 파고드는 그 몸을 올려다보다가 그의 단정한 수염이 달빛에 젖어 가장 짙고 푸른색으로 반짝이는 걸 본 적이 있었다.

"검은 미남." 그녀가 키스하려고 그의 얼굴을 가까이 끌어당기며 나직하게 농담을 던졌다. 그 말을 들은 그가 홱 그녀를 밀치고 일어나더니 침대 가에 앉아 시트를 끌어당겨 나신을 가렸다. 당황한 베아트리스는 몸에 묻은 둘의 땀이 차갑게 식는 걸 느끼며 그를 지켜보았다.

"절대 날 그렇게 부르지 마, 베아트리스." 그가 나직하게 말했다. "내 살색이 어떤지 일깨워줄 필요는 없어. 난 잘생긴 사람이 아니야. 나도 알아. 내 어머니가 낳은 그대로 검고 못생겼지."

"아니, 사무엘…!"

"됐어."

침대에 누운 둘 사이에 어둠이 놓였다. 그는 그날 밤 다시는 그녀에게 손을 대지 않았다.

베아트리스는 가끔 왜 사무엘이 백인 여성과 결혼하지 않았는지 궁금했다. 이유는 알 것 같았다. 사무엘이 백인들 앞에서 어떻게 행동하는지 보았으니까. 그는 너무 활짝 웃었고, 억지웃음을 지었으며, 실없는 농담을 했다. 그런 그를 보는 건 고역이었다. 그의 눈에 담긴 필사적인 표정을 보면 그 역시도 상처받고 있는 게 틀림없었다. 크림처럼 하얀 피부를 그렇게나 좋아하면서도, 사무엘은 아마 자신에게 구애했던 것처럼 백인 여성에게 접근하지는 못했을 것이다.

깨진 병 조각들을 쓸어 구아바나무 밑에 깔끔하게 모아놓았다. 이제 사무엘을 위한 저녁거리를 만들 때다. 그녀는 베란다 계단을 통해 현관으로 가서는 잠시 문 앞에 놓인 야자섬유 매트에 샌들 바닥을 닦았다. 사무엘은 먼지라면 질색이었다. 문을 열자 뒤에서 또 한 차례 따뜻한 바람이 불어와 그녀를 지나쳐 차가운 집 안으로 불어 들어가는 것이 느껴졌다. 그녀는 사무엘이 좋아하는 대로 실내가 차갑게 유지되도록 재빨리 안으로 들어가 문을 닫았다. 단열 처리된 문이 공허한 소리를 내며 등 뒤에서 닫혔다. 기밀 처리된 문이었다. 이 집의 창문은 어느 것도 열리지 않았다. 사무엘에게 물었었다. "왜 이렇게 상자같이 해놓고 살아, 자기? 신선한 공기가 건강에 좋을 텐데."

"난 더운 걸 좋아하지 않아, 베아트리스. 고기처럼 태양 빛에 구워지는 것도 좋아하지 않고. 밀폐된 창문이 냉각된 공기를 가둬주니까." 그녀는 반박하지 않았다.

그녀는 격식을 차린 우아한 거실을 지나 주방으로 걸어갔다. 육중한 수입가구들이 차갑고 답답하게 느껴졌지만, 사무엘은 그런 가구들을 좋아했다.

그녀는 끓일 물을 불에 올렸다. 그러고는, 글로리아가 냄비를 어디에다 뒀더라? 잠시 주방을 뒤져 뚜껑 달린 냄비를 찾았다. 그녀는 냄비를 불에 올려 카레에 풍미를 더해줄 향기로운 고수 씨앗을 볶고 물을 부은 다음 김을 뿜어내는 냄비들을 선 채로 지켜보았다. 오늘 밤 저녁 식사는 특별할 거야. 사무엘이 제일 좋아하는 카레에 조린 달걀 요리니까. 포장지에 찍힌 달걀 그림을 보니 물리학 시간에 배운 달걀을 온전한 상태로 입구가 좁은 병에 넣는 마술이 떠올랐다. 달걀을 완숙으로 삶아서 껍질을 깐 다음 병 안에 불을 붙인 초를 세운다. 병 입구에 달걀의 뾰족한 쪽을 대고 세우면 달걀이 병을 밀봉하는 역할을 하고, 초가 병 안의 공기를 모두 연소시키고 나면 병 안이 진공 상태가 되어 달걀을 온전하게 안으로 빨아들이게 된다. 베아트리스는 그 수업에서 마술을 실연하는 데 성공할 만큼 인내심 있는 유일한 학생이었다. 인내심야말로 그녀의 남편이 필요로 하는 유일한 것이었다. 불쌍해. 속을 알 수 없는 사무엘은 이 고립된 시골집에서 두 명의 아내를 잃고 병 속에 든 달걀처럼 이 공기 없는 집 안을 이리저리 굴러다녔다. 그는 자신의 틀 안에 갇혀 있었다. 가장 가까운 이웃이라야 몇 킬로미터나 떨어져 있고, 그는 그들의 이름조차 몰랐다.

자신이 이 모든 것을 바꿀 것이다. 어머니를 초대해 잠시 계시라고도 하고, 어쩌면 먼 이웃들을 불러 저녁 식사를 같이할 수도 있겠지. 많은 일을 벌일 여력이 없을 만큼 배가 불러오기 전에 말이야.

아기가 둘의 가정을 완성해줄 것이다. 사무엘은 기뻐할 테지. 분명히 그럴 거야. 어떤 여자도 자신의 못생긴 까만 아기를 낳아선 안 된다고 그가 농담했던 게 기억났지만, 베아트리스는 그의 아이들이, 새로 생겨난 작은, 비 온 뒤의 땅 같은 갈색 몸뚱이들이 얼마나 아름다운지 보여줄 참이었다. 그녀는 아이들 속에서 자기 자신을 사랑하는 법을 그에게 보여줄 작정이었다.

주방이 더웠다. 스토브에서 나오는 열기 때문인가? 베아트리스는 거실로 나가 손님방과 침실과 두 욕실을 돌아보았다. 집 전체가 전에 없이 미지근했다. 그러다 그녀는 바깥에서 나는 소리가 들린다는 사실을 퍼뜩 알아챘다. 매미가 큰 소리로 비를 예고하고 있었다. 집 곳곳에 배치된 배기구에서 차가운 공기가 흘러나오는 속삭임이 들리지 않았다. 에어컨이 작동하지 않았다.

베아트리스는 걱정되기 시작했다. 사무엘은 추운 걸 좋아했다. 오늘 밤은 둘에게 특별한 밤이 되어야 하는데, 그는 모든 게 자기 마음에 들게 되어 있지 않으면 만족스러워하지 않았다. 그는 벌써 몇 차례 그녀에게 목소리를 높였다. 한 번인가 두 번은 언쟁 도중에 말을 멈추고 때리려는 것처럼 손을 들었다가 심호흡을 하면서 자제하기도 했다. 화를 가라앉히려 애쓰는 그의 검은 얼굴은 거의 검푸르게 보였다. 그럴 때마다 그녀는 그가 다시 진정될 때까지 안 보이는 곳에 가 있었다.

에어컨에 무슨 문제가 있는 거지? 그냥 플러그가 빠진 걸까? 베아트리스는 조절기가 어디에 있는지도 몰랐다. 집에 관해서는 글로리아와 사무엘이 모든 걸 돌보았다. 그녀는 주 조절장치를 찾으려고 집 안을 한 바퀴 더 돌았다. 아무것도 없었다. 어리둥절해진 그녀가 거실로 돌아왔다. 사방이 막힌 자기 집 안이 자궁마냥 답답하고 밀폐된 것처럼 느껴지기 시작했다.

찾아보지 않은 방은 오직 하나뿐이었다. 잠겨 있는 세 번째 침실. 사무엘은 첫 번째 아내에 이어 두 번째 아내도 그 방에서 죽었다고 말했다. 그는 집의 모든 열쇠를 그녀에게 주었지만, 그 방의 문만은 절대 열지 말라고 부탁했었다.

"그냥 재수 없다고 느껴져서 그래, 자기. 내가 너무 미신을 따른다는 건 알지만, 이것만큼은 당신이 내 바람을 들어줄 거라고 믿을 수 있었으면 좋겠어." 그녀는 그가 화를 낼 만한 일은 아무것도 하고 싶지 않았으므로 그 말에 따랐다. 하지만 에어컨 조절기가 거기 말고 달리 어디에 있겠어? 실내가 너무 더워지고 있어!

늘 가지고 다니는 열쇠꾸러미를 찾으려 주머니에

손을 넣다가 그녀는 자신이 여태 날달걀을 쥐고 있다는 사실을 뒤늦게 알아챘다. 달걀을 냄비에 깨 넣으려던 순간에 문득 집 안이 왜 이렇게 더울까 생각하느라 깜빡하고 계속 들고 있었던 것이다. 그녀는 쓴웃음을 지었다. 몸속을 휘젓는 호르몬 탓에 이처럼 얼빠진 짓을 하는 거겠지! 사무엘이 들으면 재미있어할 거야. 이유를 알려주면 달라지겠지만. 다 괜찮을 것이다.

베아트리스는 달걀을 다른 손에 옮겨 쥐고 주머니에서 열쇠를 꺼내 문을 열었다.

얼음처럼 차가운 고요한 공기의 벽이 그녀를 덮쳤다. 방 안은 얼어붙을 정도로 추웠다. 그녀가 내뿜은 숨이 긴 안개처럼 구불거리며 머리 위로 떠올랐다. 그녀는 얼굴을 찌푸리며 안으로 한 발을 내디뎠고, 미처 뇌가 이해하기도 전에 그녀의 눈이 뭔가를 보는 순간 손에 들고 있던 달걀이 바닥에 떨어져 박살이 났다. 두 여성의 시체가 2인용 침대에 나란히 누워 있었다. 얼어붙은 입을 크게 벌린 채였다. 꽁꽁언, 내장을 빼낸 배도 마찬가지로 활짝 열려 있었다. 미세한 얼음 결정들의 광휘가 뒤덮은, 그녀의 피부처럼 거의 갈색으로 보이지 않는 그들의 피부는 루비처럼 붉게 응고된 서리 앉은 피를 뒤집어썼다. 베아트리스가 우는 소리를 냈다.

"하지만 선생님," 베아트리스가 선생님께 물었다. "그럼 달걀은 어떻게 다시 병에서 나오나요?"

"어떨 것 같니, 베아트리스? 방법은 하나밖에 없어. 병을 깨야지."

이것이 사무엘이 자신의 아기를, 자신의 아름다운 검은 아기를 세상에 내놓으려 했던 이들을 처벌한 방법이었다. 여자들 배 위에 난도질당해 자줏빛 태반 덩어리가 드러난 근육 주머니 같은 자궁이 적출돼 놓여 있었다. 베아트리스는 그 녹아가는 조직들을 절개하면 안에 아주 작은 태아가 들어 있으리라는 걸 알았다. 죽은 여성들은 그녀처럼 임신한 상태였다.

* * *

발치께에서 뭔가가 움직이는 게 눈에 들어왔다. 그녀는 차마 떨어지지 않는 시선을 억지로 떼서 아래로 돌렸다. 급속하게 얼어가는 깨진 달걀 속에서 바늘처럼 가는 깃털을 단 배아가 몸부림치고 있었다. 허버트 씨가 기르는 암탉들 속에 수탉이 한 마리

섞여 있었던 게 틀림없다. 그녀는 그에 공명하듯이 꿈틀거리는 자신의 자궁을 진정시키기 위해 두 손으로 배를 감쌌다. 그녀의 시선이 다시 침대 위에 펼쳐진 공포로 이끌렸다. 그녀의 입에서 또다시 우는 소리가 비어져 나왔다.

한숨 같은 소리가 열어놓은 문밖에서 나직하게 들려왔다. 한줄기 뜨거운 바람이 그녀의 뺨을 스치며 방으로 들어와 깃털 같은 안개가 되었다. 안개가 두 갈래로 갈라져 두 사체의 머리 위에 멈추더니 형체를 갖추기 시작했다. 희미한 두 안개 기둥에 분노로 일그러진 얼굴들이 생겨났다. 침대에 누운 사체의 얼굴들이었다. 유령 하나가 자신의 시체 위로 몸을 숙였다. 그러고는 고양이처럼 자신의 가슴에서 녹아가는 피를 핥았다. 자기 생명의 피를 마신 유령은 좀 더 견고한 형체를 띠었다. 다른 유령이 몸을 숙이고 똑같은 짓을 했다. 두 유령 여성의 배는 자신들의 죽음의 원이 됐던 임신으로 살짝 부풀어 있었다. 사무엘이 둘을 죽였다. 베아트리스가 유령 아내들을 가두어 두었던 병을 깨뜨렸다. 영혼이 갇혀 있었으므로 그들의 시체는 정지 상태에 붙들려 있었다. 그녀가 영혼들을 풀어주었다. 그녀가 영혼들을 집 안으로 들였다. 이제 그들의 분노를 잠재울 수 있는 건 아무것도 없다. 분노의 열기가 방을 더 빨리 데웠다.

유령 아내들이 각자의 배를 부여잡고 그녀를 노려보았다. 그들 시선에서 분노가 이글거렸다. 베아트리스는 침대에서 물러났다. "난 몰랐어." 그녀는 아내들에게 말했다. "나한테 화내지 마. 난 사무엘이 당신들에게 무슨 짓을 했는지 몰랐어."

저들의 표정에 떠오른 건 이해인가, 아니면 저들은 동정 따윈 없는 존재인가?

"나도 그의 아이를 가졌어. 최소한, 아이는 불쌍하게 여겨줘."

현관문이 끼익 열리는 소리가 들렸다. 사무엘이 왔다. 그는 병이 깨진 걸 봤을 테고, 집 안이 더운 걸 느꼈을 것이다. 돌아서서 자신을 쫓는 맹수를 대면하는 수밖에 없음을 깨달은 사냥감처럼 베아트리스는 원초적인 평온함을 느꼈다. 그녀는 사무엘이 병속에 든 달걀 같은, 자기 몸속에 든 진실을 읽을 수 있을지 궁금했다.

"당신들이 화낼 대상은 내가 아니야." 그녀는 유령 아내들에게 호소했다. 그녀는 숨을 크게 들이쉬고 가슴이 무너지는 말을 내뱉었다. "이런… 이런 짓을 한 건 사무엘이야."

사무엘이 집 안을 이리저리 돌아다니는 소리가

들렸다. 화를 내며 으르렁거리는 목소리가 태풍 전
야에 천둥이 치는 것 같았다. 무슨 말인지 분명하게
들리진 않았지만, 그녀는 그의 어조에서 분노를 읽
을 수 있었다. 그녀가 소리쳤다. "뭐라고 했어, 사
무엘?"

그녀는 냉동저장고에서 나와 조용히 문을 닫았지
만, 유령 아내들이 준비를 마쳤을 때 빠져나올 수 있
도록 아주 약간 벌려 두었다. 그러고는 반가운 웃음
을 지으며 남편을 맞으러 갔다. 그녀는 할 수 있는
한 최대한 오래 그가 세 번째 침실에 들어가지 못하
도록 막을 것이다. 아내들의 피는 대부분 응고돼 있
지만 어쩌면 조금만 더 데워지면 되는지도 모른다.
그녀는 빨리 피가 녹아서 유령들이 그걸 마시고 금
방 완전한 형체를 갖출 수 있기를 빌었다.

배를 채우고 나면, 유령들은 와서 그녀를 구해줄
까? 아니면 사무엘뿐만 아니라 자기들 것을 빼앗아
간 그녀에게도 복수를 할까?

에기-로야, 이리 와 봐, 정말 예쁜 바구니야.

네일로 홉킨스는 캐나다 출신의 자메이카 과학소설 작가로서 현재는 미국에 거주하고 있다. 첫 소설인 《원 안에 선 갈색 소녀》는 비평가들로부터 찬사를 받았고 필립 K. 딕 상 최종후보에 올랐다. 장편과 단편 소설을 쓰는 일 외에 《친밀한 사람들》과 《너무 오랜 꿈》을 포함한 다양한 선집을 편집하기도 했다. 〈유리병 마술〉은 위험한 상황에 대처하고 탈출하는 데 독창적인 자질을 보여주는 고난에 처한 한 여성의 이야기를 자세하게 그린다. 2000년에 출간된 단편선집 《판야나무 뿌리의 속삭임—캐리비언 우화 소설집》에 처음 발표되었다.

'나레'의 일곱 가지 상실

로즈 렘버그

1

내 삶은 벙어리 바이올린 연주로 표현할 수 있다. 부모님이 결혼하실 때 증조할아버지께서(부디 흙의 무게가 깃털과 같기를) 낡은 바이올린을 껴안고 연단에 올랐다. "이제 저 멋쟁이가 결혼 축가를 연주해 줄 거야." 사람들이 말했다. "특별한 축복이지." 사람들이 '스글루'라고 말했다. '굉장한 축복'이라는 뜻이다. 하지만 증조할아버지는 연주를 하기도 전에 활을 놓쳤다.

2

내가 태어났을 때 부모님은 내 이름을 짓지 못했다. 부모님은 증조할머니의 이름을 따서 'R로 시작하는'이라는 뜻을 지닌 '나 레(na Re)'라는 이름을 주고 싶어 했다. 운이라곤 지지리도 없는 빈털터리 구두 수선공의 명민할 딸로 태어난 증조할머니의 이름은 루클이었다. 혁명이 모든 원형을 뒤죽박죽으로 만들어버리자 사람들은 증조할머니를 부를 때 루클이라는 이름을 바짝 다림질해서 청동 단추를 단 것 같은, 루클의 소비에트적 밝은 미래 같은 이름인 라킬카라고 불렀다. 나중에는 라킬카마저 너무 부르주아스럽게 들려서 증조할머니의 이름은 〈행복을 찾는 자들〉이라는 선전용 영화에 나오는 아름다운 유대인 공산주의자 같은 로자로 바뀌었다. 내가 태어나기 한참 전에 그 영화는 폐기됐다. 그리고 내가 태어날 때쯤 라킬 또는 그보다 나쁜 루클은 점잖은 자리에서는 절대 입 밖에 내서는 안 되는 이름이 되었다. 로자는 윗입술에 사마귀가 난 오데사의 뚱뚱한 중년 생선장수들 이름으로 남겨졌다.

로자 외에도 내 부모님은 레지나(과시적이라서), 레나타(과시적이라서), 리마(못 배운 느낌이라서), 리

타(세련되지 않아서), 라이사(리타보다 못해서), 리나
(너무 유대인스러워서), 록사나(너무 우크라이나스러워
서), 로스티슬라바(너무 러시아스러워서), 라야("그 이
름은 그냥 싫어")를 거부했다.

'나 레'는 여러 이름을 회피한다. 나를 너무 과시
적이라거나, 너무 못 배운 느낌이라거나, 너무 부르
주아스럽다거나, 너무 공산주의자스럽다거나, 너무
유대인스럽다거나, 너무 이교도스럽게 만들지도 모
를 이름의 나머지 부분을 회피하는 것이다. R이라는
글자에는 역사가 없다. R이라는 글자는 스탈린을 떠
올리게 하지도 않는다.

3

알파벳의 모든 글자가 스탈린을 기억한다. 억압
은 1937년 이전에 시작되었고, 그 뒤로 오래 지속하
였다. 그들은 역사학자라는 이유로 할아버지를 끌
고 갔다.

역사와 기억은 똑같은 것이 아니다. 역사는 기록
되고, 만들어지고, 조직되어야 한다. 기억은 시베리
아 횡단 열차에 내몰렸고, 기억은 강제수용소에서
사라지고, 기억은 굶주림으로 수척해져 시들고, 기

억은 벌채된 목재 밑에서 얼어붙고, 기억은 모든 자
취를 녹이고 지워버린다. 할아버지는 기억한다. 그
는 머릿속으로 러시아어 동의어 사전을 짓고 있었
고, 그것이 그를 살아있게 해주었다. 그는 그곳에서
역사를 지을 수 없었다. 또는 그때 이후로는.

눈–눈보라, 서리, 영구 동토층, 만년설, 눈 위에서 발가
벗고 하는 찬물 샤워('징벌' 항목을 참조하라), 눈 폭풍, 싸
락눈, 흰서리, 얼음, 빙원, 강풍, 부재, 내 어린 딸은 어딘
가 안전한 곳에 있다, 수정.

수정.

4

그들은 1965년에 할아버지를 놓아주었다. 스탈린
이 죽었고, 베리아도 죽었다. 로자의 딸인 할머니
가 몸을 팔았다고, 할아버지는 그렇게 믿었다. 둘
이 낳은 어린 딸을 할아버지가 더는 기억하지 못했
기 때문이었다. 그리고 그 고함소리가 멈추고 난 뒤
부터 할아버지에게 할머니는 벌목된 나무에 걸쳐진
부재(不在)처럼, 시베리아 땅 밑에 묻힌 부재처럼 녹

아가며 흐릿해지고, 사라졌다. 역사는 사건과 과정이고, 역사는 활발히 움직이는 아카이브이며, 역사의 구두 인터뷰들은 미래에 보장될 안전의 틀 안에서 행해지고, 진행 지시와 번쩍거리는 녹음 장비들로 보호된다. 기억은 영구 동토층을 피부 밑에 빽빽하게 밀어 넣는다. 피부가 녹으면, 우리는 아무것도 없이 방치된다.

할아버지는 한밤중에 들이닥친 사람들에게 끌려나가 사라지고 있다. 영원히 사라지고 있다. 그들은 딱 네 단어만 말할 뿐이다. 늘 한결같다. '스 베샤미 나 뷔코드.' 대략 뜻은 이렇다. "당신 소지품을 챙겨서 나오시오." 작은 가방 하나. 그들은 언제나 밤에 찾아온다. 1937년에 그들은 나를 찾아왔고, 칠십몇 년의 시간차로 나를 놓쳤다. 나는 혹시나 싶어서 꼭 필요한 것들만 챙겨 넣은 작은 가방을 늘 침대 밑에 둔다. 가방에는 한 번도 피워본 적은 없지만, 음식이나 종이와 교환할 수 있는 강제수용소의 화폐인 담배가 들어 있다.

할아버지가 사라지고 있다. 영원히 사라지고 있다. 1965년에 그는 자기 가족이라도 되는 것처럼 너무나 익숙한 유령 복장을 한 사람들에게 끌려나갔다. 할아버지에겐 가족이 없다. 할아버지는 스스로

를 눈 속에 묻었다가 침대 밑에 꾸려둔 가방과 잠들
지 못하는 공포와 곁에서 내쉬는 할머니의 따뜻한
입김으로 돌아오는 길을 찾아낸 눈의 고아다.

　역사는 이렇지 않다.

5

　어머니는 내가 다섯 살 때 떠났다. 어머니는 영구
동토층의 건축가다. 그들은 깊이 땅을 판다. 기초를
묻기 위해서. 어머니가 말하기를, 지구상의 모든 물
이 흘러들어 와도, 대해빙기가 와서 과거의 고통이
강물로 흘러 새로이 녹은 땅에 스며들더라고 버틸
수 있을 만큼 튼튼한 기초를 눈 밑에 묻기 위해서.

　어머니는 자기 아버지를 묻을 땅을 파고 있다.

　어머니는 우리가 아버지의 이름을 입 밖에 내는
걸 원치 않았다. 내게는 적어도 R이라는 글자 하나
가 있다. 아버지에겐 아무것도 없다. 오직 영구 동토
층에 때려 박힌 콘크리트 기초와 영원히 당신을 찾
아올 밤의 사람들뿐.

6

독일인들이 들이닥쳤을 때 할머니는 보석들을 몽땅 흰 이불 홑청 안쪽에 꿰매놓았다. 할머니에겐 흰천에 하얀 눈송이들과 꽃들과 작은 별들을 수놓은 흰 이불이 열두 채 있었다. 할머니는 끌려가기 전에 가방을 꾸려놓았다. 할머니는 그 가방을 가지고, 자기 보물들을, 자기 어머니의 보물들을, 자기 이모들의 보물들을, 자기 할머니의 보물들을 끌어안고, 다이아몬드 하나를, 금시계딱지 하나를 살 돈을 모으기 위해 배를 곯았던 어머니들과 애인들과 남편들이 사준 싸구려 물건들을 꼭 끌어안고 떠났다. 그때 '사랑해'라는 말은 일주일을 버틸 작은 청어 토막을 의미했고, 추위를 견디게 해줄, 팔아서 가계에 보탬이 돼줄 여벌 바지를 꿰매느라 밤을 새우는 걸 의미했다. 할머니는 가족들의 '사랑해'를 그 이불 홑청에 꿰맸다.

할머니는 어쩌다 그 이불 홑청을 잃어버렸는지 말하려 하지 않았다.

나는 가끔 나이트가운을 입은 할머니가 밤에 유령 파수꾼들을 쫓는 상상을 한다. 보물들을 내밀며 '이거 받아! 이거 받아!' 소리치면서. 그게 이야기가

돌아가는 방식이기 때문이다. 누군가의 목숨을 구하
려면 대가로 보물을 줘야 한다. 유령들이 보물을 외
면하면 대신 사람의 목숨을 취할 것이고, 나중에 엉
망이 되어 기억이 없어진 상태로 돌려줄 것이다. 그
러나 돌아온 그 목숨은 어느 날 다시, 이번에는 영원
히 떠날 것이다. 이것이 삶의 모습을 한 공허가 자신
을 괴롭히는 존재, 즉 절대 있어서는 안 됐던 아내와
아이라는 존재를 괴롭히며 자주하는 이야기들이 돌
아가는 방식이다.

아니면 할머니는 전쟁으로부터, 울부짖는 공습경
보로부터 도망치는 그 먼 길에서 이불 홑청을 빵과
바꾸었을지도 모른다. 아니 어쩌면 할머니는 그냥
다른 홑청을 가져갔을지도 모른다. 할머니가 꿰맨
'사랑해'는 높이 쌓인 사체들에 눌려 그냥 흙 속에 짓
이겨졌을지도 모른다.

할머니는 돌아가실 때 그 이불 홑청 안에 들어가
지 않은 유일한 보석인 결혼반지를 내게 남겼다. 할
머니는 결혼반지와 함께 작은 종잇조각도 하나 남
겼다.

"나의 나 레에게." 종이에는 그렇게 적혀 있었다.
그것에 대해서는 별로 말하고 싶지 않다.

7

할머니는 날 보호하려고 했다. 할머니는 내게 러시아어로 말했다. 영구 동토층보다 순수했고, 자기 남편이 품었던 구원의 사전처럼 엄격했다. 하지만 할머니의 아버지인 바이올린 연주자는 내게 몰래 이디시어를 가르쳤다. '게뎅크!' 증조할아버지는 말하곤 했다. '기억해!'라는 뜻이었다. 그는 자기 심장을 바이올린 케이스 안에 꾸려 넣고 떠날 준비를 마쳤지만, 그들은 한 번도 그를 찾아오지 않았다.

어느 날 할머니가 소파 한구석에 딱 붙어 앉아 금지된 따스한 말들을 속삭이며 가는 기억의 실로 서로를 삶에 꿰매주고 있던 우리를 발견했다.

다음 날 할머니는 나를 언어치료사한테 데려갔다. 나와 같은 또 한 명의 '루클은 안돼'인 리마라는 이름의 여성이었다. "입을 벌려 봐." 그녀가 친절하게 말했다. 은빛과 서리빛으로 번득이는 이름을 알 수 없는 도구들로 그녀는 내 언어를 긁어냈다.

상실 이후

모든 것은 사라진다. 반지와 언어도. 조부모님과 이불도. 부모님과 자아도. 상실에 대한 기억조차도 마침내 사라진다. 눈조차도. 피부조차도.

우리는 부주의하고 어설프다. 우리는 역사를 회피하고, '스 베샤미 나 뷔호드(당신 소지품을 챙겨 나오시오)'라고 말하며 한밤중에 찾아오는 유령들의 기습에 대비해 쟁여놓은 담배에서 나는 연기에 기억을 말아 넣으며 삶을 미끄러져 통과한다. 수비대원들이 왔을 때, 그들은 명단에서 나를 찾아낼 수 없었다. '나 레'는 이름이 아니다. 그래서 그들은 내 작은 가방을, 내 '사랑해'를 빼앗아 멀리 추방했고, 몇 년을 굶주리고 얼고 정신과 말을 잃은 채 강제 노동을 하게 만들었다. 그리고 고대의 바이올린 연주자만 뒤에 남았다. 손가락이 마비된 채 추위 속에서 흐느끼는 상실의 가장.

모든 것이 녹는다. 어머니의 지하 깊숙한 건축물마저도.

기억되지 않은 것만이 끝까지 사라지지 않을 수 있다.

로즈 렘버그는 현재 미국에 거주하는 우크라이나 출신 작가이자 시인, 편집자이다. SF와 판타지, 기타 장르에서의 다양성을 옹호하는 데 열정을 쏟고 있으며, 평론과 편집 작업을 통해서도 다양성을 옹호하고 있다. 〈스트레인지 호라이즌〉, 〈끊임없는 하늘들 아래〉, 〈판타지 매거진〉, 〈에이펙스〉, 〈고블린 프룻〉 등 여러 곳에 작품을 발표했다. 그녀는 장르를 넘나드는 사변 시 잡지인 〈스톤 텔링〉의 창간자이자 공동편집자이기도 하다. 〈나 레의 일곱 가지 상실〉은 한 젊은 여성과 이름이 가진 중요성과 힘에 관한 이야기이다. 2012년에 〈데일리 사이언스 픽션〉에 처음 발표되었다.

옮긴이 **신해경**

더 즐겁고 온전한 세계를 꿈꾸는 전문번역가. 대학에서 미학을 배우고 대학원에서 경영학과 공공정책학을 공부했다. 생태와 환경, 사회, 예술, 노동 등 다방면에 관심을 가지고 있으며, 옮긴 책으로는 《혁명하는 여자들》, 《사소한 정의》, 《아랍, 그곳에도 사람들이 살고 있다》, 《버블 차이나》, 《덫에 걸린 유럽》, 《침묵을 위한 시간》, 《북극을 꿈꾸다》, 《발전은 영원할 것이라는 환상》, 《마지막으로 할 만한 멋진 일》(공역) 등이 있다.

내 플란넬 속옷

초판 1쇄 발행   2017년 6월 15일
초판 2쇄 발행   2017년 6월 25일

지은이   레오노라 캐링턴 외
옮긴이   신해경
펴낸이   박은주
기획   김창규, 최세진
디자인   김선예, 장혜지
마케팅   박동준, 정준호

발행처   아작
등록   2015년 9월 9일(제300-2015-140호)
주소   04702 서울시 성동구 청계천로 474
          왕십리모노퍼스 903호
대표전화   02.324.3945   **팩스**   02.324.3947
이메일   decomma@gmail.com
홈페이지   www.arzak.co.kr

ISBN   979-11-87206-56-9 03840

책 값은 표지 뒤쪽에 있습니다.

아작은 디자인콤마의 문학 브랜드입니다.

이 도서의 국립중앙도서관 출판예정도서목록(CIP)은 서지정보유통지원시스템 홈페이지(http://seoji.nl.go.kr)와 국가자료공동목록시스템(http://www.nl.go.kr/kolisnet)에서 이용하실 수 있습니다. (CIP제어번호: CIP2017013291)